오늘 하루가 전부 꽃인 것을

오늘 하루가 전부 꽃인 것을

1판 1쇄 인쇄 2021년 6월 5일
1판 1쇄 발행 2021년 6월 20일

펴낸곳 중소기업투데이
지은이 박철의

총괄 황복희
편집/교열 황복희 신미경
삽화 최영남
디자인 정호정
마케팅 신미경

출력/인쇄 (주)팬다콤

출판등록 제2021-000058호(2021년 3월19일)
주소 서울시 영등포구 은행로 58 삼도빌딩 606호
팩스 02-6956-1113　　**팩스** 070-4032-8833
홈페이지 www.sbiztoday.kr　　**이메일** tie2409@naver.com

중소기업투데이
ISBN 979-11-974606-0-9

오늘 하루가
전부 꽃인 것을

박철의 지음

중소기업투데이
Sbiz Today

처마 끝 파랑새는 '어머니'

나무꾼인 어린 남매의 삶은 힘겹고 버거웠습니다.
어느 날 파랑새를 찾으면 행복할 수 있다는
마법사 할머니 말씀에 먼 여행길을 떠났습니다.
죽음의 나라, 과거의 나라 모두 돌아다녔지만
그 어디에도 파랑새는 없었습니다.
그렇게 파랑새를 찾기 위해 강과 바다를
건너다가 헛발을 내딛어 낭떠러지로 떨어지는
순간, 꿈에서 깨어났습니다.
실망이 이만저만이 아니었습니다.
온 몸에 땀이 흘렀습니다.
찬바람을 쐬려고 방문을 여는 순간,
처마 끝에 파랑새가 앉아 있었습니다.

벨기에의 작가 메테를링크의 동화 〈파랑새(L'Oiseau Bleu)〉속에
나오는 이야기다. 행복을 가져다준다는 그 파랑새는 멀리 있는 것이
아니라, 바로 우리 곁에 있다는 교훈이다. 우리에게 파랑새는 영조
(靈鳥)로서 길조(吉兆)를 상징하고, 서양에서는 행복을 부르는 새로
알려졌다. 소설이나 노래에서도 파랑새는 기쁨과 희망을 상징한다.

요즘 우리가 사는 세상이 각박해지고 있는 가운데 '정인이 사건'을
접하면서 어머니란 존재는 무엇이며 어떤 가치가 있는지 궁금하지
않을 수 없었다.

그래서 필자는 코로나 정국에서 우리의 가슴을 어루만져주는 파랑새 이야기가 없을까 고민을 하고 있던 터에 사무실 한 켠에 먼지가 수북이 쌓인 낡은 취재수첩을 찾아냈다. 취재수첩 속 주인공들은 무엇보다 자신들의 삶이 행복하다고 했다.

그 근원을 살펴봤더니 그들에게는 훌륭한 어머니가 있었다. 사랑과 행복, 꿈과 열정을 가져다주는 파랑새는 바로 '어머니'라는 생각에 이르렀다. 파랑새는 저 멀리 산 너머가 아닌, 내 뒤에서 아침저녁으로 등을 토닥여 준 어머니였던 것이다.

어머니는 가족의 행복을 위해 늘 기도하는 사람이다. 어머니의 기도는 모성이다. 시대가 변하면서 어머니의 상(象)도 조금씩 달라지고 있다고 하지만 그럼에도 '모성은 변하지 않는다'는 사실이 필자의 가슴을 뛰게 했다. 우리의 어머니는 강하고 위대했다는 사실은 이미 역사적으로 증명되지 않았는가.

900여 차례가 넘는 외세의 침입을 받았고 36년의 일제강점기속에서도 살아남았고, 전쟁의 폐허를 딛고 한강의 기적을 일으켜 마침내 세계 10대 경제대국으로 성장했다. 바로 우리 어머니의 힘이었다. 오바마 전 미국 대통령도 한국 어머니의 힘을 수없이 극찬한 바 있다. 이렇듯 우리의 어머니는 절망의 계곡에서 희망을 건져내고 마침내 행복을 만들어내는 동력이었던 것이다. 필자가 이번에 취재수첩에서 꺼낸 희망의 이야기를 담아 〈오늘 하루가 전부 꽃인 것을〉이라는 단편집을 출간하게 됐다. 이번 단편집을 통해 좀 더 따뜻한 세상을 만드는

데 물꼬가 되지 않을까 하는 기대에서 출발했다.

김낙진 동원아이앤티 회장은 한국전쟁으로 부친을 잃고 유복자로 태어나 방황하는 시간들이 적지 않았지만 어머니의 기도로 이를 극복했다. 패션디자이너 **이광희** 부띠크 대표의 어머니는 이 시대의 둘도 없는 위대한 스승이었다. **정영수** CJ그룹 글로벌경영 고문은 해외에서 삼남매를 키우면서 한국인으로서의 정체성에 목표를 두고 정성을 다한 결과 글로벌리더로 성장시켰다.

신경호 고쿠시칸대 교수는 재일동포 기업가 김희수 이사장을 만나 중앙대를 인수하고 매각하는 과정에서 인생의 달콤함과 쓴맛을 동시에 맛보는 특이한 삶을 살아왔다.

박경진 진흥문화 회장은 한쪽 눈이 감기는 장애아로 태어나 갖은 차별과 멸시를 받았지만 가족 사랑과 기도를 통해 모든 난관을 극복했으며, **구자관** 삼구아이앤씨 책임대표사원은 어린 시절의 가난이 준 아픔을 통해 사랑과 인생을 배우고 기업을 일으키는데 성공했다.

김영철 바인그룹 회장은 촉망받던 유도선수에서 하루아침에 폐인이 됐지만 불굴의 의지로 교육기업을 일으켜 국내외에 3500명의 리더를 양성, 글로벌시장으로 진출하고 있다.

또한 이 시대의 영원한 지성으로 칭송받는 이어령·김형석 교수가 들려주는 삶의 지혜, 이순신 장군의 인간적인 고뇌와 눈물, 소록도에서 헌신과 봉사의 미션을 보여준 두 천사 이야기, 계영배(戒盈杯)가 남긴 교훈, 바이든 미국 대통령 취임식장에서 축시를 낭송한 고든의 메시지 '우리가 오르는 언덕'은 거칠어가는 우리 사회에서 독자들에게 더 없는 삶의 자양분이자 나침판이 될 것이다. 필자는 인생의 고비 때마다 자신을 일으켜 세운 인생의 멘토가 어머니이자 내일의 파랑새가 아닌가 하는 생각을 해본다. 너무나 드라마틱한 삶을 이뤄낸 7인의 스토리를 짧은 시간에 녹여내기는 쉽지 않았지만 그럼에도 용기를 낸 것은 단 한 명의 독자에게라도 따스한 온기를 심어주고 싶었던 것이 솔직한 고백이다.

필자의 지식과 경험의 한계를 숙지하고서도 그럼에도 그 취지에 공감해주신 주인공들에게 무한한 감사를 올린다. 아울러 이번 단편집이 나오기까지 중소기업투데이 황복희 부국장을 비롯해 삽화를 위해 힘써주신 최영남 화백, 디자인 정호정 님에게 진심으로 감사드린다.

CONTENTS

CONTENTS

"내가 하늘나라에 가더라도 너희 아버지가 이렇게 세월에 가려진 내 모습을 기억해 낼까 모르겠구나. 이쁘게 해야 그나마 찾기가 쉽지 않을까? 나 또한 너희 아버지를 알아볼 수 있을지 가물가물하다."

김낙진 동원아이앤티(주) 회장

· 광주일고 졸업
· 고려대학교 사회학과 졸업
· 삼진물산(주) 사우디 지사 근무
· 한국건류환경(주) 설립 운영
· 서울공대 최고산업과정 수료
· 산업포장 수상(1989)

별이 된 나의 어머니

김낙진의 어머니 故 최말순여사

별이 된 나의 어머니

'영원한 이별'이 된 피난길

1950년 한국전쟁이 터졌다. 북한군은 단 사흘 만에 서울을 점령한 뒤 무섭게 남하했다. 전세가 뒤집어질 가능성은 거의 없어 보였다. 8월 30일 충무로 '명고당' 안주인은 뱃속의 아이를 품고 다섯 살과 세 살배기 어린 남매를 앞세워 광나루에 도착했다. 이미 광나루는 피난민들이 개미떼처럼 몰려 있었다. 명고당 안주인은 아버지가 미리 준비해 둔 배에 떠밀리다시피 올라탔다. 안주인의 마음은 불길했고 발길조차 떨어지지 않았다. 강물은 배를 밀어댔고 뱃사공은 물길을 재촉했다. 명고당을 정리한 뒤 곧바로 고향으로 내려오겠다는 아버지의 약속을 믿고 고향으로 떠났다. 아버지는 멀어져 가는 배를 향해 손을 흔들었다. 배는 요즘 고무보트 정도 되는 조각배나 다름없었다. 순간, 시야에서 아버지가 사라졌다. 나루터를 떠난 배는 어느덧 강남의 허름한 강가에 도달했다.

이날 배를 탄 일행은 모두 여덟 명이었다. 일행은 강가에서 대기하고 있던 리어카에 옷가지와 식량자루, 밥을 지을 수 있는 그릇들을 싣고 가파른 남태령 고개를 끙끙대며 넘었다. 리어카 한 켠에 안주인은 자신의 어린 남매를 태우고 싶었지만 그럴 수도 없었다. 이미 일곱 살짜리 조카아이가 무릎을 크게 다쳐 실려 있었던 것이다. 안주인은 어린 딸을 등에 업고 아들을 걸리며 피난길에 올랐다. 세 살배기 딸은 영문도 모른 채 리어카를 뒤따르다가 아빠에게 간다며 오던 길을 되돌아가기 일쑤였다. 이들의 목적지는 전북 고창군 고산마을. 며칠이 걸릴지 아무도 알 수 없는 기약 없는 길을 그렇게 걸었다.

8월 하순의 늦더위는 절정을 이루고 있었다. 온 몸에서 비지땀이 흘러내리고 눈가에는 뜨거운 눈물이 앞을 가릴 정도였다. 안주인은 땀에 절어 주저앉은 아이를 달래면서 험한 산길을 넘고 물길을 건너야 했다. 비가 쏟아지는 날이면 남의 집 헛간을 빌려 비를 피하고 맨밥에 소금 친 주먹밥으로 끼니를 해결하기도 했다. 어쩌다가 국밥집을 만나 한 끼 때우는 날은 그야말로 행운이었다. 그렇게 18일 동안 밤낮을 걸어 안주인은 마침내 고산마을에 도착했다. 1950년 9월 16일이다. 김낙진 동원아이엔티㈜ 회장의 어머니 고(故) 최말순 여사의 피난길 이야기다. 고산은 아버지의 고향이자 시댁이 있는 동네다. 피난길의 여독이 가시기도 전에 태기(胎氣)를 느낀 어머니는 곧바로 당신이 태어나고 자란 외갓집으로 향했다. 지긋지긋하게 먼 길을 걸어

온 어머니는 또 다시 70리길을 걸어 복산치 친정집에 도착할 수 있었다.

"친정나들이가 이토록 쓸쓸하고 마음이 무거울 수가 없다. 남편을 따라 깃 재를 넘어 신행을 오던 그 길인데… 지금 이 순간은 너무나도 낯설고 아득 하게 멀리만 느껴져서 그 자리에 주저앉아 목놓아 울어버리고 싶었다."

〈'어머니의 향기' 中/김낙진 형제 지음〉

김 회장의 어머니는 1943년 약관 18세에 아버지 김재철과 결혼하 면서 서울로 올라와 명고당의 안주인이 됐다. 그곳에서 어머니는 7년 간 남부러울 것 없이 행복하게 살면서 아들과 딸을 낳았고 외갓집에 서 막내아들을 낳았다.

행복했던 명고당 안주인

본정통(충무로 극동빌딩 인근) 중심부에 자리 잡은 명고당은 부의 상징이자 일본인들의 자존심이었다. 당시 일본인 주인은 세계정세가 불리하게 돌아가고 있음을 직감하고 청년실업가 김재철에게 명고당 운영권을 급하게 넘기고 부산으로 떠났다. 명고당 주인이 김재철로 바뀌고 어머니가 안주인이 된 것이다. 콧대 높은 일본인들이 들락거 리던 명고당이 한국인으로 바뀌자 사시사철 고향은 물론 전국에서 몰려든 식객들의 발길이 끊이질 않았다. 하물며 소문만 듣고 찾아온 생면부지 인사들까지 차고 넘쳤다. 그만큼 명고당은 한국인의 아픔과 눈물이 묻어 있는 곳이었다. 이럴 때마다 아버지는 융숭한 대접을 하는 등 친절을 베풀었다. 며칠씩 묵다가 시골로 내려가는 손님들에게도 빈손으로 보내지 않았다. 고향에서 올라온 손님들을 위해 부부는 서울역(경성역)까지 직접 바래다주고 기차표에다 용돈까지 손에 쥐어 보내곤 했다. 서울에서 학교를 다니는 집안 친척들의 학비 역시 명고당 몫이었다. 하루 세끼 챙겨먹기도 힘든 시절, 이들의 훈훈한 인심과 선행은 고향으로 퍼져나가 집안 어른들의 귀를 즐겁게 해주었다. 하지만 아버지는 불같이 화를 내는 경우가 더러 있었다. 어쩌다가 어머니가 명고당을 찾은 손님들의 접대를 소홀히 했다는 생각이 들 때 그랬다.

1945년 해방이 되자 명고당의 일거리는 폭발적으로 늘어났다. 조선총독부 자리에 미군정청과 각급 행정기관들이 들어서면서 각종 인쇄물 발주와 인장 공급요청이 봇물처럼 쏟아져 납기일을 제대로 맞출 수 없을 정도로 바빴다. 직원 수만도 20여 명이 넘었다. 명고당 1층에는 사무실과 인장포, 철물점, 인쇄소가 나란히 있고 2층은 다다미방이 여러 개 딸려 있었다. 이들 부부는 종종 시간을 내 아장거리는 두 아이의 손을 잡고 남산을 산책하는 등 행복한 시절을 보내기도 했다. 꿈과 사랑의 보금자리였던 명고당을 떠난 지 어언 16년이 지나 아버지의 혼이라도 찾아보고 싶었던 어머니는 1966년 명고당을 찾았다. 그 화려하고 따뜻했던 명고당의 흔적은 커녕 그림자도 찾아 볼 수 없었다. 오히려 누군가에 의해 쫓기는 느낌이 들었다. 그래서 어머니는 급히 발길을 돌렸다.

어머니는 "부부는 죽으나 사나 함께 해야 한다고 끝까지 고집을 부렸어야 했는데 명고당을 정리하고 뒤따라오겠다는 남편의 말을 순순히 따른 내 잘못이다"라고 가슴을 치면서 발걸음을 재촉해 고향으로 내려왔다. 전쟁은 그렇게 단란했던 한 가정을 짓밟아버렸다. 아버지의 그림자 조차 밟아본 적이 없는 김 회장은 항간에 떠도는 아버지의 월북에 대해 "가당치 않다"고 강조했다.

"6·25 당시 경복고 3학년에 다니던 사촌형은 월북을 한 뒤 북한 김책공대를 나와 화학공장에서 책임자로 근무한 뒤 돌아가셨다고 합니다. 수년 전 북한의 유가족들과 남한의 친척들이 금강산에서 만났는데, 북에서도 아버지에 대한 소식은 전혀 듣지 못했다고 합니다. 만약 아버지가 북한으로 끌려갔다면 아버지의 성품으로 보아 어떤 방법을 동원해서라도 남한의 가족들에게 연락을 했을 것입니다."

김 회장의 어머니 최말순은 전남 장성의 복산치라는 작은 마을에서 종가집 아홉 남매 중 넷째 딸로 태어났다. 아홉 칸짜리 사랑채를 가진 어머니의 친정은 부농 중의 부농이었다. 당시 복산치 사람들은 외갓집 땅을 밟지 않고서는 살 수 없을 정도였다. 어머니는 위로 딸만 있는 딸 부잣집에서 태어났지만 그 누구보다 외할아버지의 사랑을 듬뿍 받으면서 자랐다. 보통학교를 졸업하고 광주시내 여학교에 진학하고 싶었으나 학교공부는 여기가 끝이었다. 보수적인 외할아버지가 다 큰 여자 아이를 밖으로 내보낼 수 없다는 이유에서였다. 당시 대다수 여성들은 타지로 유학을 가거나 본가와 떨어져서 공부를 한다는 것 자체가 언감생심, 꿈도 꿀 수 없던 시절이었다. 그러나 어머니는 상급학교 진학을 하겠다고 떼를 쓰다가 단식투쟁까지 벌였다.

결국, 외할아버지는 사랑채에 독서당을 만들어 놓고 훈장선생님을 모셔서 딸에게 추구 · 사자소학 · 명심보감은 물론, 소학과 대학을 배우게 했다. 이렇듯 어머니는 배움에 대한 끈을 내려놓지 않았다. 이런 습관은 나이가 들어서도 변하지 않았다. 훗날 형님이 전주에서 공무원 생활을 할 때 어머니를 모시고 산 적이 있었다. 이때 어머니는 전주에서 명성이 높은 서예 선생님을 찾아가 한문과 서예를 배운 뒤 전시회를 열 정도로 출중한 실력을 뽐내기도 했다. 이때 배운 어머니의 솜씨는 현재 일산의 김 회장 사무실에 액자로 걸려 있다.

재봉틀로 가족의 생계를 이어가다

어머니는 막내아들을 출산한 뒤 곧바로 아버지의 고향으로 돌아왔다. 외갓집에 얹혀사는 것도 어머니가 바라는 바가 아니었다. 특히 아버지가 언제 돌아올지 모른다는 생각 때문에 어머니는 서둘러 고산으로 돌아와 단칸방에서 살림을 시작했다. 당시 기본적인 살림도구와 두어 마지기 정도의 밭을 큰집에서 마련해줬다. 화려했던 명고당 안주인은 하루아침에 부산댁으로 바뀌었다. 아마 어머니의 친정마을이 부성리 복산치였기 때문에 마을사람들이 그렇게 불렀을 것으로 추측된다.

> "큰아들(한용)을 등에 업고 복산치 동네 앞 냇가의 둑길을 따라 물레방앗간 쪽으로 걸어가고 있었다. '최말순!' 그때 등 뒤에서 그렇게 나를 부르는 목소리가 들렸다. 그 사람이었다. 남편의 목소리가 틀림없었다. 그는 평소 즐겨 입던 진곤색 양복에 눈이 부시도록 하얀 와이셔츠를 속에 받쳐 입고 오른손에는 커다란 연두색 트렁크를 들고 있었다. 그는 둑길로 올라서서 나를 향해 걸어오고 있었다. '한용이 아부지' 하고 그를 향해 달려가면서 연신 불러댔으나 목소리가 잘 나오지 않았다. 애가 탔다. '엄마, 엄마 왜 그래?' 꿈이었다. 새벽까지 바느질을 하다가 잠깐 눈을 붙인 것이 늦잠을 잔 것이다."
>
> 〈'어머니의 향기' 中〉

어머니에게는 혼자서 한창 커나가는 아이들을 키운다는 것이 여간 힘겹지 않았다. 더군다나 손에 물도 묻혀 본 적이 없을 정도로 부유한 집안에서 자랐던 어머니가 아니던가. 궁리 끝에 어머니는 피난

을 내려오면서 챙겨왔던 금붙이를 몽땅 팔아 일제 재봉틀 한 대를 샀
다. 아마 당시 면(面) 단위 시골마을에서 최초일 정도로 귀한 물건이
었다. 재봉틀은 동네 아낙들에게 관심 그 이상이었다. 어머니는 낮에
는 들에 나가 밭을 매고 밤에는 재봉틀을 돌려 아이들의 옷을 만들어
입혔다. 종종 이웃들의 옷까지 만들어 주기도 했다. 그러다 보니 일
손이 달릴 때에는 어머니에게 옷을 얻어 입었던 이웃들이 나서서 어
머니의 밭일을 도와주거나 곡식을 한 바가지씩 퍼다 주기도 했다. 이
렇듯 고향은 사람과 사람이 만나 서로 돕고 살아가는 인정(人情)의
텃밭이었다. 남편 없이 사는 어머니의 집은 동네 마실 장소였다. 밤
마다 동네 아낙들의 발길이 넘쳤다. 귀찮을 법도 했지만 어머니는 이
들을 물리치지 않고 늘 가족처럼 따뜻하게 대해주었다. 어머니는 이
들의 좋은 점만을 보고 칭찬하는데 인색하지 않았다. 결코 남의 허물
을 들추거나 비난을 하지 않았다. 그렇다보니 아낙네들끼리 종종 사
소한 다툼이 생길 때마다 중재를 해야 했다. 그럴 때면 어머니는 옳
고 그름을 따질 뿐, 내 편 네 편을 가르지 않았다. 항상 공평무사하게
다툼을 조정해 양측 모두가 수용하는 결과를 이끌어 냈다. 바로 경청

(傾聽)의 힘이었다. 그래서 동네사람들은 어머니를 심판관으로 부르기도 했다. 짬이 날 때마다 한글을 모르는 아낙네들에게 글공부를 시키고 세상 돌아가는 이야기를 들려주곤 했던 어머니. 그런 어머니는 아낙들이 귀가한 뒤에서야 비로소 재봉틀 앞에 앉았다. 비를 기다리는 달팽이의 모습으로 어머니는 밤이면 밤마다 아버지를 기다리면서 재봉틀을 돌렸다. 충무로 명고당이 전국에서 몰려든 식객들의 사랑방이었다면 어머니 집은 아낙들의 놀이터이자 공부방 역할을 톡톡히 했다. 어느날 외할아버지는 집안 식구를 서울로 보냈다. 명고당 주위는 물론, 무고한 시민들이 살상됐다는 현장까지 샅샅이 뒤지고 오라는 분부였다. 하지만 달포 만에 이들은 결국, 빈손으로 돌아왔다. 어머니는 당시 심경을 이렇게 털어 놓았다.

"흐르는 눈물을 밤새 가슴 안에 담았다가 동이 터오는 새벽이면 인적 없는 천복골 밭 가운데에 주저앉아 목이 터져라 소리 내어 울었고, 밤새 가슴에 고였던 눈물을 다 뱉어내고서야 집으로 돌아오곤 했다."

〈'어머니의 향기 '中〉

그 무렵, 나라에서는 정·부통령 선거가 있었다. 투표를 하러 갔다가 자유당을 찍으라고 은근히 압력을 넣는 관계자 앞에서 어머니는 보란 듯이 투표용지를 찢어 던졌다. 이 일로 어머니는 경찰서에 끌려 갔지만 눈 하나 깜짝하지 않았다.

"외할아버지가 피난을 가고 외할머니가 혼자 집에 계셨다고 합니다. 그런데 갑자기 빨치산들이 들이닥쳐 음식을 내놓으라고 했나봅니다. 외할머니는 먹을거리를 챙겨주시고는 '외양간에 소도 가져가라' 할 정도로 배짱이 대단했다고 합니다. 어머니도 그런 할머니를 많이 닮지 않았나 생각됩니다."

부산댁과 월암댁

어머니가 외갓집에서 머물고 있을 때다. 밤이 이슥한 시간에 대문을 두드리는 소리가 들렸다. 외갓집 소작농의 아들과 어깨에 완장을 찬 낯선 남정네 세 명이 찾아왔다. 어머니는 만삭으로 몸을 가누기도 어려운 때였다.

"이 댁 아가씨가 공부도 많이 하고 유식한 사람이라는데 우리 면의 여맹위원장을 맡아주셔야겠습니다."

이를 지켜보고 있던 월암댁이 나섰다.

"그런 것이라면 내가 한 번 해보겠소. 나가 이래봬도 난리 전에는 경성 본정통에서 살았던 사람이요."

"글자도 아요?"

완장을 찬 사람이 당돌하게 나오는 월암댁을 쳐다보면서 물었다.

"신문도 대충은 볼 줄 알고 소설책도 거반 다 읽어봤소."

이날 밤 월암댁은 인민군을 따라 나섰다.

월암댁은 외갓집 근처에서 홀어머니와 단둘이 살고 있었다. 그의 어머니는 종종 동네에 나타났다가 사라지는 낯선 한 남자를 알고 있었다. 월암댁 어머니는 자신의 딸과 나이 차이가 제법 나는데도 불구하고 이 남자를 딸의 짝으로 맺어주었다. 당시 월암댁 나이 16세. 그런데 결혼생활은 시작부터 순탄치 않았다. 월암댁 남편은 한 푼이라도 생기면 술을 마시며 며칠 동안 밖을 떠돌아다녔다. 그러다가 돈이 떨어지면 집에 와서 월암댁에게 돈을 내놓으라고 행패를 부리기 일쑤였다. 게다가 술에 취한 남편은 밤만 되면 짐승처럼 달려들었다. 열여섯의 어린 나이가 감당하기엔 너무나 버거웠다. 남편이 아니라, 원수라는 생각마저 들었다.

그러던 어느 겨울날이다. 월암댁이 동네 품일을 마치고 집으로 들어섰는데 이상한 느낌이 들었다. 아직 해는 중천에 떠 있었다. 어머니 방에서 신음소리가 들린 것. 월암댁은 살기가 머리끝까지 치솟았다. 물동이에 얼음물을 가득 담아 방문을 활짝 젖히고 물동이채 방안으로 내던졌다. 순간, 그릇 깨지는 소리와 함께 비명소리가 들렸다. 월암댁은 복산치 앞 냇가를 향해 죽을 힘을 다해 도망을 쳤다. 그러나 얼마 못가서 뒤를 쫓아오는 남편에게 머리채를 잡혔다. 그의 남편은 어린 월암댁의 안면을 사정없이 후려치고 주먹질과 발길질을 해댄 뒤 어디론가 사라져버렸다. 마침 김 회장의 외할머니가 면(面)에 볼 일이 있어 나갔다가 돌아오는 길에 차가운 길바닥에 쓰러져 피를 흘린 채 신음하고 있는 월암댁을 발견한 것이다.

외할머니는 머슴에게 급히 월암댁을 등에 업게 한 뒤 집으로 데리고 와 치료를 해주고 따뜻한 식사를 챙겨주었다. 이날부터 월암댁은 외할머니 가족이 됐다. 이후 월암댁은 김 회장의 어머니가 결혼을 하면서 같이 고산마을로 오게 되고, 어머니가 명고당 안주인이 되자 서울까지 따라왔다. 그녀는 어머니의 그림자이자 집사나 다름없었다.

어머니는 월암댁이 '아이들을 가르치는 학교 선생님이 꿈'이라는 이야기를 듣고 종종 시간을 내서 글을 가르치고 세상 돌아가는 이야기를 들려주곤 했다. 그런 월암댁이 이번에는 어머니를 대신해 겁도 없이 인민군을 따라 나선 것이다. 월암댁의 속내를 알 수는 없지만 어린 시절 불쌍한 자신을 거두어주고 키워준 은혜에 보답하기 위한 선택이 아니었을까 생각했다. 월암댁이 그렇게 떠난 뒤 어느 날 밤, 또다시 정체 모를 남자들이 어머니를 찾아와 고개를 숙였다.

"무슨 일이요?"

"우리 위원장님이 어르신들 잘 계시는지 보고 오라고 해서 왔습니다."

위원장은 다름 아닌, 월암댁이었다. 어머니도 이미 월암댁이 복산치 인근 고성산으로 들어가 빨치산 대장이 되었다는 소문은 듣고 있었던 터다. 어머니는 월암댁이 제 몸을 던져서 자신을 보호해주고 있다는 생각에 목이 메었다. 어머니는 "제발 몸 상하지 말고 꼭 살아서 돌아오"는 당부와 함께 급히 식량과 먹거리를 챙겨 보냈다. 월암댁은 전쟁이 끝난 후에도 빨치산 활동을 계속하던 중 자신을 괴롭히던 남편을 산으로 불러서 죽이고 자신도 권총으로 생을 마감했다고 한다. 고난의 시대를 살아낸 또 다른 한 여인의 기구한 운명이었다.

잡초 밭에서 피어난 삼남매의 우애

어머니는 늘 아버지 없이 커가는 당신의 삼남매를 잡초밭에 떨어진 씨앗들이라고 했다. 잡초밭이든 자갈밭이든 가리지 않고 씨앗이 튼튼하게 뿌리를 내려 열매를 맺을 수 있도록 토양을 잘 만들어주는 것이 당신의 몫이라고 생각했다. 그래서 억척같이 돈을 벌어야 했고 더군다나 아이들에게 밥을 굶긴다는 것은 상상할 수 없었다. 그래서 어머니는 농사철을 피해 막내 아들인 김 회장은 외갓집에, 그의 형님(한용)과 누나(명희)는 아버지 친척들에게 맡기고 장성과 광주를 오가며 보따리 장사까지 해야 했다. 어느 때는 두 달 동안이나 당신의 자녀들을 보지 못한 경우도 있었다. 이런 각고의 노력 끝에 어머니는 당신의 자녀들에게 보리밥에 쌀을 섞은 밥을 먹일 수 있었다. 당시 대다수의 동네 사람들은 가을날 추수가 돌아오기 전까지 콩나물이나 시래기를 섞어 죽을 만들어 먹거나 꽁보리밥으로 연명했던 시절이다.

어느덧 형님이 초등학교(당시는 국민학교)에 입학했다. 어머니는 형님에게 공부를 가르쳐야 했지만 마음 뿐이었다. 그러던 어느 날 어머니는 형님을 불러 책가방을 풀게 했다. 사촌 간인 또래의 아이는 비교적 한글도 읽고 쓸 줄 알았지만 형님은 고개만 푹 숙이고 있었다.

이날부터 어머니는 형님을 새벽녘까지 붙들고 한글을 가르쳤다. 형님은 눈물을 글썽이면서도 어머니에게 반항을 하거나 싫은 내색을 하지 않고 끝까지 어머니의 가르침을 따랐다.

이후 그는 눈 깜짝할 사이에 한글을 깨우치게 된다. 그러자마자 김 회장의 누나가 형님을 따라 학교에 가겠다고 떼를 써 결국 조기 입학했고 김 회장도 초등학교에 들어간다. 삼남매가 동시에 초등학생이 된 것이다. 형님은 한글을 떼면서부터 유독 책읽기를 좋아했다. 동네에 신간 책이라도 한 권 들어오면 그것이 만화건 잡지건 소설이건 가리지 않았다. 나이가 세 살이나 많은 친구에게 책을 빌리기라도 하면 하룻밤 새에 다 읽고 돌려 줄 정도로 독서의 깊이가 남달랐다. 이런 독서의 힘으로 형님은 초등학교 6학년 때 군 교육청이 주관하는 글짓기 대회에서 최우수상을 받기도 했다.

그러나 형님은 시력이 절망적일 정도로 나빴다. 오죽했으면 선생님의 팔 동작을 보고 무슨 글씨를 쓰는지 짐작을 했을 정도였다. 그래서 책을 읽을 때도 등잔불에 얼굴을 가까이 대다가 수도 없이 머리카락을 태우기도 했다.

그가 시력이 나빠지게 된 것은 피난을 내려오면서 작열하는 태양에서 뿜어져 나오는 자외선에 무방비로 노출되고 거기에다 전쟁통에 제대로 먹지 못해 영양실조에 걸려 심한 고도근시가 된 것이다. 이런 이유로 형님은 평생 시력 때문에 고통을 안고 살아야 했다. 그럼에도 그는 단 한 번도 화를 내거나 부모를 원망하지 않았다. 오히려 등교하는 동생들의 도시락을 챙겨주고 학교공부까지 꼼꼼하게 챙겨주었다. 종종 김 회장이 친구들과 놀다가 싸워 사고를 치고 와도 형님은 동생을 나무라기 보다 위로를 하는 등 애어른이었다.

어느덧 삼남매가 커가면서 어머니의 고민도 늘어났다. 형님이 중학교 진학을 앞두고 있었지만 형편상 도회지로 보낼 수 없었다. 명고당에 얹혀 대학을 다니면서 부모님의 도움을 받았던 친인척들이 어엿한 직장생활을 하고 있었지만 어머니는 이들의 도움마저 거절했다. 이들이 자신의 집으로 보내라는 제안도 했지만 어머니는 극구 사양했다. 평소에 어머니는 '자신의 이익을 위해 남에게 폐를 끼쳐서는 안된다'는 소신이 강했다. 그래서 어머니는 더욱 이를 악물었고 홀로 서기를 자처했다. 결국 형님은 중학교 진학을 포기하고 어머니가 걸어왔던 것처럼 서당에서 추구와 사자소학 등을 배웠다.

그가 서당을 다니는 사이에 누나도 중학교 진학을 앞두고 있던 터라 어머니는 아예 광주에 방 한 칸을 얻어 남매를 동시에 중학교에 다니게 했다. 어린 남매는 아궁이에 연탄불을 피우지 않은 여름에는 인근의 목재소를 찾아가서 판자 부스러기와 톱밥을 얻어다가 풍로에 불을 지펴 밥을 지어야 하는 등 고된 자취생활을 했다. 하지만 이들에게는 학교에 다닌다는 사실 하나로 가슴 벅차고 행복했던 시절이었다. 어느덧 남매가 중학교 3학년 2학기에 접어들면서 상급학교 진학을 놓고 집안 식구들 끼리 옥신각신했다.

"딸, 졸업하면 고등학교에 가지 않고 방직회사 들어가기로 엄마와 약속했지?"

어머니의 질문에 누나는 묵묵부답이었다. 어머니는 남매가 진학을 원하면 무슨 수를 써서라도 공부를 시키겠다는 생각을 품고 있었지만 누나의 마음을 떠보기 위해 이렇게 말을 걸었던 것이다. 하지만 형님은 어머니 말이 끝나기도 전에 "어머니! 남자는 공부할 기회를 놓치더라도 언제든지 기회를 만들 수 있지만 여자는 그렇지 못하다"며 "나는 어차피 시력이 좋지 않아 고교과정은 독학을 하려고 마음을 잡았으니 명희를 꼭 상급학교에 진학을 시켜야 한다"고 고집을 부렸다. 형님의 이런 태도에 꿈쩍 않고 있던 누나가 갑자기 "내가 직장을 다니면서 돈을 벌어 오빠의 학비를 대겠다"고 나서는 등 따뜻한 가족애의 진면목을 보여줬다. 우여곡절 끝에 누나는 어렵사리 상업계 고등학교를 졸업한다. 당시에 고산에서 여학생이 초등학교를 마치고 상급학교에 진학하는 일은 거의 없었다.

그러던 어느 날, 온 집안이 발칵 뒤집히는 일이 벌어졌다. 형님과 누나가 동시에 공무원 시험에 합격하는 경사가 터진 것이다. 형님은 총무처 시험에, 누나는 국방부 별정직 시험에 합격했다. 누나는 그렇다손 치더라도 형님은 당시 대학 입학시험을 준비하고 있는 것으로 알고 있던 터라 가족 모두 적잖이 놀랐다. 어느 누구에게도 알리지 않고 혼자 공무원시험을 준비한 속깊은 집안의 기둥이었던 형님이다. 세월이 흘러 형님은 국민건강보험공단 경영전략본부장을 역임하고 은퇴했다.

"형님은 자신의 진로를 포기하고 누나를 먼저 상급학교에 진학시켜야 한다는 고집을 부리지 않았습니까. 이렇게 자신은 희생하면서도 순종만 하는 형님에 대해 어머니는 늘 짠하게 여겼습니다. 형님이 월급쟁이를 하고 있다 보니 그게 마음에 걸렸는지 돌아가시기 전에 어머니는 저와 누나를 불러 '형님과 오빠의 호주머니에 용돈이 궁하지 않도록 책임지고 챙겨주라'고 당부까지 하셨습니다."

이후 누나는 공무원생활을 하다가 중단하고 출판사 등에서 직장생활을 했다. 현재는 사회복지사 자격증을 획득하고 요양원을 운영하고 있다. 이곳에서 그는 세상의 어머니이자 우리들의 어머니를 돌보면서 하늘의 별이 된 그의 어머니를 그리고 있을지도 모를 일이다.

"우리 남매간의 우애는 모두 어머님으로부터 나온 것이라 생각합니다. 크면서 형제간에 사소한 일이라도 다투어본 기억이 없고 성인이 된 지금까지도 목소리 한번 높인 적이 없습니다."

김낙진의 방황과 어머니의 기도

김 회장은 초등학교 때부터 공부하고는 담을 쌓을 정도로 놀기에만 정신이 팔렸다. 걸핏하면 친구들과 싸우고 집으로 돌아오곤 했다.

그럼에도 성적은 늘 1등이었다. 벼락공부의 전형으로 불릴 만큼 순간적인 두뇌가 뛰어났기 때문이다.

어머니는 아버지에 대한 기억조차 없는 막내아들이 커가는 모습을 보면서 넋두리를 하듯 늘 "가슴에 피멍이 든다"며 입버릇처럼 중얼거렸다. 행여 김 회장이 상처를 받을까봐 아버지에 대한 이야기를 입밖에 꺼낸 적이 없었던 현명한 어머니였다. 숨 가쁘게 살아가는 어머니를 대신해서 형님은 김 회장의 공부를 챙겼다. 말썽꾸러기였던 김 회장은 초등학교 고학년이 되면서 성적이 일취월장했다. 형님은 어머니에게 "낙진이는 하나를 가르치면 열을 알 정도로 영리하다"고 치켜세우기도 했다. 초등학교 담임선생님 조차 김 회장을 당시 명문 경기중학교와 경기고등학교에 보내야 한다고 어머니를 설득할 정도였다.

그러던 김 회장이 경기중학교 보다 한 수 아래인 광주서중 입학시험에 낙방하는 일이 벌어졌다. 내심 수석합격을 기대했던 어머니의 상심은 말로 표현하기 어려울 정도였다. 당시 보이지 않는 손이 작용했을 것이라는 확신이 들었지만 그렇다고 뾰족한 수를 찾을 수 없었다. 그렇게 또 김 회장은 상처를 안고 후기인 광주 동중학교에 입학한다. 여기서 김 회장은 중학교 1학년 학생이 고입 검정고시에 합격해 지역 일간신문에 대서특필되면서 극적인 반전을 이뤄냈다. 당시 신문에는 '딱지치기 선수, 구슬치기 대장인 피난쟁이, 보기 드문 수재'라는 보도가 잇달았다. 이 일을 계기로 김 회장은 중학교 1학년에서 3학년으로 월반을 했고 여세를 몰아 광주일고에 우수한 성적으로 합격하는 주인공이 됐다. 김 회장의 이런 영광 뒤에는 늘 아버지 역할을 마다하지 않은 형님이 있었다. 새벽녘 졸음을 쫓기 위해 형님은 먼저 수돗가로 나가 찬물에 세수를 했다. 당연히 김 회장도 형님을 따라 할 수 밖에 없게 했다. 형님은 졸고 있는 김 회장을 칠 수는 없어, 혁대를 풀어 의자등받이를 내리치면서 잠을 쫓게 했다.

그러나 온 집안의 기대와 달리 김 회장의 일탈은 광주일고에 들어가서도 계속됐다. 고등학교 2학년 때는 9일 동안이나 무단가출했다가 광주 충장로에서 우연히 어머니와 마주치는 일이 생겼다. 어머니는 거지꼴이 된 아들에게 "그간 고생했겠다"라며 끌어안고 눈물을 잠깐 보이는가 싶더니 곧바로 식당으로 데려가 김 회장의 주린 배를 채워주었다.

김 회장이 초등학교를 다니던 시절이다. 설사병에 걸려 죽음을 넘나들고 있었다. 어머니는 축 늘어진 김 회장을 등에 업고 동네 용하다는 한약방을 모조리 훑고 다녔다. 그러나 그의 병세는 한 달이 넘도록 나아지지 않았다. 모두가 포기해야 하느냐고 수군거릴 정도였다. 어머니는 교회 전도사를 불러 기도를 부탁하는가 하면 무당을 데리고 와서 치성을 드리기도 했다.

"어려서 설사병에 걸려 까칠한 보리죽만 먹은 적이 있었어요. 그러던 어느 날, 어머니가 보리죽이 조금 많게 보였던지 한 수저 떠먹은 뒤 저에게 밥그릇을 건넸어요. 그걸 본 제가 밥이 적다며 잔뜩 화가 나 밥그릇을 내동댕이쳤습니다. 설사병은 죽을 많이 먹으면 안되었나 봅니다. 그 후로 어머니는 제가 보이지 않는 장독대에서 형님과 누나를 데리고 한 달 동안 몰래 식사를 했다고 합니다."

대학진학을 포기하고 농사나 짓겠다고 시골에서 지내던 어느 날 엔입대를 앞둔 친구 송별식을 하다가 옆 테이블에서 술을 먹고 있는 사람들과 패싸움이 벌어져 경찰서에 붙들려갔다. 김 회장은 "친구들은 죄가 없다. 내가 주먹질을 했으니 내가 책임을 지겠다"고 나섰다가 유죄판결을 받았다. 재판이 끝난 후 판사(광주일고 선배)가 별도로 자신의 사무실로 데리고 가서 김 회장에게 "징역형을 줄 수도 있지만 집행유예를 내린 것은 너에게 대학을 진학할 수 있는 기회를 주기 위한 것이다"며 "이 길로 바로 상경하여 공부를 하라"는 충고를 했다. 김 회장은 곧바로 서울로 달려갔다. 대학 입학시험은 4~5개월가량 남아 있었다. 벼락치기에 남달랐던 김 회장은 죽기 살기로 공부한 끝에 고려대학교에 당당하게 입학한다. 고등학교 졸업 2년만이다.

"고등학교 시절 친하게 지냈던 최재훈(현 남화토건 회장)의 동생이 저와 함께 고려대 시험을 치게 됐어요. 제가 3수를 했잖아요. 이날 오전 시험을 마치고 시험장에 오신 친구 어머니와 친구 동생, 그리고 저 셋이서 점심을 먹으러 갔다가 '어머니! 저는 오전 시험을 엉망으로 봐서 오후 시험은 포기하겠습니다'라고 말씀드렸어요."

그러나 친구 어머니는 김 회장에게 "후기도 있으니 연습 삼아서 오후 시험을 보라"며 통사정을 했다. 그럼에도 김 회장은 고집을 꺾지 않았다. 그러자 친구 어머니는 김 회장의 손을 잡아당겨 시험장으로 끌고 들어가 자리에 앉게 했다. 그런데 합격이었다. 그날 친구 어머니의 간절한 요청을 외면했다면 김 회장의 인생이 180도 달라졌을 수도 있었다. 이런 이유로 김 회장은 늘 친구 어머니에 대한 애틋하고 감사하는 마음을 잊을 수 없다고 한다. 이후 그는 1학년을 마치고 군대를 다녀왔고 대학을 졸업한 뒤 잠시 직장생활을 하다가 창업해 우량 중소기업으로 키워낸 성공한 사업가가 되었다. 김낙진 동원아이앤티㈜ 회장의 성공 뒤에는 무엇보다 어머니의 무한한 신뢰와 하루도 빼놓지 않은 기도, 그리고 아버지를 대신 한 형님의 땀과 눈물이 있었다.

가난한 자를 위한 어머니의 선행

명고당 안주인에서 하루아침에 부산댁으로 살았지만 늘 웃음을 잃지 않았던 어머니는 긍정의 화신이기도 했다. 자신의 안방을 동네 아낙네들에게 내어준 것도 모자라 이들에게 공부를 가르치고 손수 옷을 만들어 주기도 하면서 당신만의 특이한 경조문화를 만들었다. 축의금이나 부의금을 낼 때 어머니는 상대방이 부자라고 생각되면 경조사비를 2만~3만원 선에서 지출한 반면, 어렵고 가난하다고 생각되는 집에는 10만원도 아깝지 않게 내놓았다. 요즘이야 10만원은 큰 돈이 아니라고 할 수 있지만 30~40년 전으로 돌아가면 결코 적은 금 액이 아니었다. "부자는 내가 도와주지 않아도 되지만 가난한 자는 나라도 도와주어야 하지 않느냐"는 게 어머니의 철학이었다. 어머니 는 어려서 당신의 마음을 시커멓게 멍들게 했던 김 회장에게 보상이 라도 요구하듯 주문도 적지 않았다.

"얘야, 뒷집 아들이 이번에 대학 들어갔다는데 어려운 모양이니 네 가 도움을 줄 수 있겠니?"

"얼마를 드려야 할까요."

"네 형편이 괜찮으면 넉넉히 주어라."

어머니는 작은 며느리에게도 "너희 남편 한 트럭하고 큰아들(한용) 과는 바꾸지 않는다. 그만큼 부족한 점이 많지만 심성은 괜찮은 편이 다"며 "'여자 팔자 뒤웅박 팔자'라는 말은 옛말이니, 남자는 여자하기 에 달려있다. 이제부터는 남편을 잘 다루어 잘 살도록 하라"는 말을 남기기도 했다. 평소에도 거짓말이라곤 전혀 입에 올리지 않는 어 머니는 솔직 담백하게 자신의 생각을 전하는 '카리스마' 넘치는 여 인이었다.

어머니는 당신의 회갑 즈음, 4000여만원이 전 재산이었다. 이 가 운데 어머니는 1000만원을 뚝 떼어 교회에 장학금으로 기부했다. 당 시 어머니는 당신의 큰 아들이 학비가 없어 상급학교 진학을 못한 아 픔을 이렇게라도 풀고 싶었다는 말을 남겼다. 시장을 다니거나 나들이를 할 때 버스비를 절약하기 위해 서너 정거장 정도 거리는 늘 걸어다녔던 어머니는 자신에 대해서는 지나칠 정도로 검소한 생활을 했던 반면 남에게 베풀거나 나눌 때는 아무런 조건없이 큰돈을 지출했다. 언젠가 지방에서 사업을 하던 김 회장의 누나와 매형이 형편이 어려워지자 무일푼으로 상경한 일이 있었다. 어머니는 김 회장에게 무조건 도우라고 명령을 하다시피 했다. 김 회장은 어머니의 뜻에 따라 매형의 가족들이 살 수 있는 거처를 마련해주고 일자리까지 만들어주었다.

"아버지가 결혼하기 전 고산 인근에 자신의 이름으로 사놓은 5000여 평의 야산이 있었습니다. 아버지가 어머니에게 남긴 유일한 재산 목록이지요. 자녀들 학비가 없어 진학을 포기하면서까지도 어머니는 이 땅을 가슴속에 품고 계셨어요. 이 땅을 놓고 얼마나 많은 밤을 고민하셨겠습니까. 그런 땅을 어머니는 할아버지 효행비 제막식 행사에 참석한 여러 친척들 앞에서 문중에 기부하겠다고 하셨습니다."

문중에서 받은 어머니

큰아들(한용) 대학원 졸업식

다만 어머니는 땅을 내놓으면서 조건 하나를 붙였다. 도지의 일할을 자신에게 달라는 것이었다. 어머니는 이 도지를 모두 동서들에게 나눠주었다. 어머니는 또 다른 땅을 소유하고 있었다. 형제들도 몰랐다. 문중에서 어머니에게 돈을 빌렸는데 이를 갚지 못하자 문중의 산을 대신해서 변제하는 바람에 생각지도 못한 땅을 소유하게 되었다고 한다. 이 땅 역시 문중의 재산으로 돌려주었다. 이 일을 계기로 집안의 사촌들이 '하용공(할아버지 호) 후손 모임'을 결성하여 해마다 한식 무렵에 성묘행사를 하고 있다. 이런 공로를 기려 하용공 후손들은 어머니의 일흔다섯 번째 생일을 맞이한 자리에서 '장한 어머니' 상패를 만들어 바쳤다. 청상과부로 한많은 생을 살면서 끼니를 염려하고 아이들 학비를 걱정했던 어머니지만 후손들을 위해 미련 없이 자신의 모든 것을 내놓았다. 어머니가 폐암진단을 받고 병원에 입원하고 있을 때, 거의 매일 병상을 찾아온 한 조카의 이야기다.

"제가 어렸을 때 당숙모님은 저에게 배움의 끈을 놓지 않도록 항상 격려해 주시고 이끌어 주신 분입니다. 늘 따뜻한 말씀과 사랑으로 감싸 주셨던 당숙모님은 내 인생의 나침판이었으며 이 세상에서 가장 존경하는 분입니다"

그 무렵 어머니는 자신의 삶을 하나하나 정리해 나갔다. 병문안을 온 지인들에게 일일이 돈 봉투를 손에 쥐어주면서 그동안의 고마움과 함께 당신의 마음을 전했다.

어느 날은 어렵게 사는 집안의 조카가 딸 결혼식을 앞두고 있었는데, "지금 돈을 주면 결혼자금으로 다 써버릴 테니 지금 주지 말고 결혼식이 끝난 후에 전달하여 본인을 위해 쓰도록 해라"며 김 회장에게 돈 봉투를 준 적이 있다. 어머니가 돌아가신 뒤 김 회장은 어머니의 유지대로 결혼식이 끝난 후 그 조카에게 봉투를 건넸다.

어머니는 세 명의 손자 앞으로 현금 1억원을 별도로 남겨 주었다. 온 가족이 함께 모여 선영도 참배하고 여행도 같이하며 집안의 우의를 돈독히 하는 데 쓰도록 당부한 것이다. 어머니가 돌아가신지 17년. 해마다 어머니의 기일 날 20여 명이 넘는 사촌 형제들이 모여 어머니 추모식과 함께 어머니의 기부정신과 형제애를 나누고 있다.

어머니의 '망부가(亡夫歌)'

1986년 어머니는 회갑을 맞이했다. 전쟁으로 인해 서울을 떠나온 지 꼭 36년이 되었고 아버지와 결혼한 지 43년이 되는 해다. 이날 회갑연의 아버지 자리는 외할머니가 지켰다. 400명이 훨씬 넘어 보이는 친인척들과 하객들 앞에서 어머니는 '알뜰한 당신'과 '목포의 눈물'을 불렀다. 결혼 첫날밤 동네사람들이 방을 빼곡히 채운 자리에서 아버지가 노래를 못한다고 발뺌을 하는 바람에 어머니가 대신해서 불렀다던 그 노래다. 이날 어머니가 부른 노래는 그냥 노래가 아닌, 어머니의 한맺힌 절규였다. 이날까지도 애타게 기다리던 아버지는 끝내 돌아오지 않았다. 아니, 돌아오지 못했다. 노래 못하는 아버지일지라도 이날만큼은 어머니를 위해 애국가 한 소절이라도 불러 주기를 바랐던 어머니는 끝내 눈물을 보였다. 1950년 8월, 광나루에서 남편과 생이별을 한 뒤 36년의 그림자 없는 세월이 흘렀으니 어머니의 가슴속 응어리를 어찌 말로 다 할 수 있겠는가. 2004년 어느 날, 어머니는 병문안을 온 며느리에게 이런 부탁을 했다.

"오늘 화장을 좀 이쁘게 해 주었으면 좋겠다."

"왜요 어머님!"

"내가 하늘나라에 가더라도 너희 아버지가 이렇게 세월에 가려진 내 모습을 기억해 낼까 모르겠구나. 이쁘게 해야 그나마 찾기가 쉽지 않을까? 나 또한 너희 아버지를 알아볼 수 있을지 가물가물하다."

2004년 9월 16일, 이날은 어머니가 피난을 내려오던 54년 전 그날이다. 이날 아침 어머니는 79세의 일기로 하나님의 부르심을 받았다. 하늘의 별이 되어 다시 고향으로 돌아온 어머니는 굴시내 선영에 있는 아버지의 빈 유골함 곁에 잠들었다. 김 회장 후손들은 어머니의 묘비명에 이런 글을 남겼다.

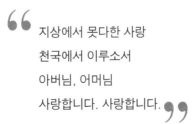

> 지상에서 못다한 사랑
> 천국에서 이루소서
> 아버님, 어머님
> 사랑합니다. 사랑합니다.

"꽃을 보고 싫어하는 사람, 미워하는 사람은 없다. 그러나 나를 보고 싫어하는 사람, 미워하는 사람은 있을 것이다. 꽃 한 송이만도 못한 나의 생이여! 나는 사람꽃이 되고 싶다."

패션디자이너 이광희부띠크 대표

〈학력 및 경력〉

- (사)희망의망고나무 대표
- 이화여자대학교 디자인대학원 겸임 교수
- 헬싱키경제경영대학원 KEMBA 수료
- 이화여자대학교 비서학과 졸업
- 희망의망고나무 자선콘서트 'Journey To African Moon'
- 희망의망고나무 심기 '패션과 디지털의 만남: 이광희 패션쇼'
- 창립 20주년 컬렉션 '20 in 2000'
- 대전엑스포'93 문화행사 공식초청 패션 쇼 '사랑의 한빛'
- 88서울올림픽 기념 패션쇼 '패션유토피아'

〈수상〉

- '올해의 이화인' 수상(2004)
- 대한민국 디자인 대상 부문 '산업포장 통령상' (2000)
- 삼우당 섬유진흥대상 '디자인개발부문 상(2000)
- 산업통상자원부 신지식인상(1999)
- 이달의 중소기업인상(1999)
- '이화를 빛낸 상'예술부문 수상(1996)
- 아시아패션진흥협회 제정 올해의 아시 디자이너상(1994)

패션디자이너 이광희부띠크 대표

어머니는 내 인생 최고의 디자이너

이광희 부모
(故 이준묵 목사 · 김수덕 여사)

어머니는 내 인생 최고의 디자이너

한국의 그룬트비, 이준묵 목사

평생, 살아 숨쉬는 뭇 생명들을 품어내지 못한 괴로움으로 자신을 채찍질하고 담금질하다가 생을 마감한 한 여인. 그는 평생 고아는 물론 거지, 나환자, 과부 등 가난한 자들에게 자신의 자리를 기꺼이 내주고 허리를 굽힌 외로운 방랑자였다. 하루 한 끼를 먹고살기 힘든 시절, 이 여인은 춥고 배고픈 사람들의 바람막이가 되어주고 갈 곳 없는 영혼들이 편히 쉴 수 있는 쉼터가 되어 주었다. 죽는 순간까지 물 한 방울 조차 남기지 않고, 이름도 빛도 없이 평생 써온 일기마저 불태우고 2003년 하늘로 돌아갔다. 故 함석헌 선생은 이 여인을 두고 "이 시대의 진정한 어머니이자 스승"이라고 칭송했다. 패션디자이너 이광희 (사)희망의망고나무(이하 희망고) 대표의 어머니인 故 김수덕 여사의 이야기다.

그의 어머니는 전남 고흥군 도덕면의 전통적인 유교 집안에서 태어나 순천 매산여학교를 졸업하고 간호사 자격을 취득한 우리나라 간호사 1세대다. 그는 학비마련을 위해 손뜨개질로 장갑이며 옷들을 만들어 직접 팔러 다녔고, 거기에서 남는 돈으로 고학생 여럿을 돕기도 했다.

어머니는 미국 선교사가 설립한 순천 알렉산더병원에서 간호사로 일하다가 아버지인 해암(海岩) 이준묵 목사를 만나 결혼했다. 영광군 홍농면 출신의 아버지는 가정형편이 어려워 학업을 제대로 마치지 못했다. 그럼에도 아버지는 광주YMCA에 들어가 농촌계몽운동과 함께 선교활동을 하다가 1932년 큰아버지의 도움으로 일본 유학길에 오른다. 고베신학교를 졸업한 아버지는 귀국하자마자 결혼을 했지만 결혼 3일 만에 선교를 위해 홀로 중국 산동으로 떠났다. 산동에서 2년 만에 돌아온 아버지는 곧바로 해남읍교회에 파송되면서 땅끝마을과 멀고도 험한 인연을 맺게 된다.

여기서 아버지는 1948년 해남 YMCA를 창설하고 중졸 과정의 '해남고등공민학교'를 설립해 가정형편으로 학업을 포기하는 이들에게 배움의 불씨를 지폈다. 또한 1953년 갈 곳 없는 아이들을 위해 '해남등대원'을 설립한데 이어 농민들에게 기술을 가르치는 '삼애학교'를 세우는 등 그야말로 종교인이면서 농촌계몽의 선구자적인 역할을 했다. 그래서 아버지는 한국의 '그룬트비'로 불리기도 했다. 그룬트비는 역사가이자 신학자이며 정치가로 척박한 덴마크를 세계의 중심국가로 일으켜 세운 덴마크 중흥(中興)의 아버지다.

'해남등대원'은 고아원이지만 '고아원'이란 이름 대신 '세상을 밝히는 등대가 되라'는 의미로 '등대원'이라는 이름을 붙였다. '고아'라는 단어 또한 쓰지 않았다. 어머니 또한 양로원인 '평화의 집'과 어린이 집인 '천진원'을 세워 과부나 장애인들을 향한 복지사업에 나서는 한편 수년간 한센인들의 손과 발이 되어주기도 했다. 이런 곳에 함석헌 선생을 비롯해 한국을 대표하는 지성인들의 발길이 문전성시를 이루었다.

김용준 고려대 명예교수가 쓴 '내가 본 함석헌'에는 "함 선생님은 평생 존경한 여성 두 명을 꼽았는데 한 명은 자신의 어머니였고, 다른 한 명은 김수덕 여사"라고 기록돼 있다. 함석헌 선생은 당대 최고의 지성인이자 사상가였다. 민주화운동에 평생을 바친 인권운동가로 시대의 스승으로 존경받는 인물이다. 이런 인연으로 이광희 대표는 어린 시절, 함석헌 선생의 무릎 위에서 자주 놀곤 했다. 현재 등대원은 이광희 대표의 큰오빠인 이성용씨가 맡고 있다. 그는 서울대를 졸업하고 직장생활을 하다가 그만두고 49세에 해남으로 내려가 부모님이 남긴 유지를 받들고 있다.

차별 없는 세상을 꿈꾸다

어머니는 전국에서 몰려든 손님들을 위해 동트는 새벽에 일어나

음식을 장만하고, 솥단지에 목욕물을 데우는 일로 하루의 일과를 시작했다. 손님들이 떠날 때도 어머니는 떡이나 먹거리를 한 보자기 싸서 보내는 등 빈손으로 돌려보낸 적이 없었다. 모두에게 공평하게 대접했던 어머니는 하루가 25시간이라고 해도 부족했다. 직접 시장에 가서 장을 봐 아이들 반찬을 마련하고 젖염소를 길러 아이들에게 우유를 먹였다. 병이 나거나 영양실조에 걸린 아이들을 위해선 영양식을 준비했다. 그럼에도 어머니는 먹고 입을 것이 부족한 현실 앞에서 눈물을 흘리면서 늘 자신을 자책했다. 상처 많은 아이들에게 자신이 가진 모든 것을 내주었지만 부족하다고 생각했기 때문이다. 그럼에도 정작, 어머니가 참기 어려웠던 고통은 아이들에 대한 연민이었다. 제 아무리 사랑을 쏟고 배려해도 채울 수 없는 것이 바로 친부모 자리다. 아이들에게는 부모의 존재 가치만으로도 큰 위안이 된다는 것을 어머니는 너무나 잘 알고 있었기 때문이다. 그런 속사정으로 어머니는 늘 외로울 수밖에 없었다.

이런 고민들이 쌓여 인생의 깊이를 더해주기도 했지만 평생 신경쇠약을 앓아 진통제로 연명하면서도 "기도하는 것은 내가 호흡하는 것과 같다"며 기도의 끈을 놓지 않았다. 이렇게 빈자들에게는 더없이 너그럽고 후했던 어머니는 당신의 몸이 아픈 것도 하나님의 채찍으로 받아들였다. 평생 독신으로 신앙인이 되어 봉사의 삶을 살겠다고 하나님께 서원했는데, 이를 지키지 못한 것에 대한 반성과 자책이었다.

어머니는 등대원 식구들에게 "하나님께서 인간을 창조하실 때 하나님의 형상대로 창조하신 귀한 존재가 바로 너"라며 "너는 고로 하나님의 뜻한 바에 의해 태어난 귀한 사람"이라고 자긍심을 심어주었다. 어머니의 사랑의 대상은 가난한 자와 노약자들만이 아니었다. 60~70년 전 나환자들은 일반인에게 그야말로 공포의 대상이었다. 눈썹이 없고 피부가 헐어 살갗이 허물허물해진 나환자의 얼굴을 쳐다보는 것조차 무서워 벌벌 떨었다. 하지만 어머니는 이런 나환자들의 손을 덜컥 잡고 집안으로 데려와 손과 발을 씻기고 차비까지 챙겨서 보냈다. 이렇다보니 집안은 나환자들의 발걸음으로 문턱이 닳아질 정도였다.

> "돌보는 이 없는 저잣거리, 장터에 버려진 노인들은 언제나 사모님의 몫이었지요. 누더기를 걸친 할머니들을 뒷방에 모셔다가 손수 목욕시키고 새 옷 입혀 그분들의 딸 노릇까지 하셨지요."
>
> 〈김수덕 사모 추모집 '새벽을 여는 꿈의 삶' 中〉

빈자(貧者)들의 어머니, 김수덕 여사

어느 날, 해남의 한 우체부가 손에 편지 한 통을 들고 당황을 하고 있었다. 편지의 수신자가 '하나님 전상서'였기 때문이다. 수신자의 주소가 없으니 난감할 수밖에 없었던 우체부는 고민 끝에 이준묵 목사 부부 댁으로 편지를 배달했다. 공부를 하고 싶은데 가난해서 중학교를 갈 수 없다는 딱한 사연이었다. 어머니는 발신자의 주소를 수소문해 자신의 집으로 데려와 공부를 시키고 스위스에 유학까지 보냈다. 오영석 전 한신대 총장이 그 주인공이다.

오 전 총장은 "'하나님, 공부 좀 하게 해주세요'라고 밤낮을 가리지 않고 울면서 기도했다"고 한다. 그럼에도 하나님의 응답이 없자 오 전 총장은 무작정 '너무나도 공부가 하고 싶습니다. 야간학교라도 다니고 싶습니다. 편지를 받으신 분이 저를 도와주신다면 어떤 일이라도 하겠습니다'라는 내용의 편지를 쓴 뒤 편지 겉봉 수신자란에 '하나님 전상서'라고 써서 우체통에 넣었던 것이다.

"언젠가 새벽에 눈을 뜬 적이 있어요. 엄마, 어디 가는데 했더니 유치장엘 가신다는 거예요. 등대원 아이가 사고를 쳐 유치장에 잡혀 있었던 겁니다. 고아가 된 것도 억울하고 서러운 일인데… 유치장에 있으면 되겠느냐고 말씀하셨어요."

이렇듯 등대원은 조용할 날이 단 하루도 없었다. 아이들은 거칠고 고집도 셌다. 철없이 떼를 쓰거나 해코지를 하기도 했다. 어머니는 학교 선생님에게 불려가기도 하고 경찰서 유치장을 드나들면서도 싫은 내색 한 번 하지 않았다. 오히려 성탄절이나 기념이 되는 날, 선생님들의 선물까지 챙겼다. 등대원 아이들이 차별을 받지 않고 공부를 할 수 있도록 세심한 신경을 썼던 것이다. 간혹 등대원에서 도망을 나가 떠돌이 생활을 하다 돌아온 아이들에게도 "너 잘못이 아니다. 환경이 그렇게 만들었지. 그래, 네가 짠하다"고 다독이던 어머니다.

한번은 등대원에서 함께 살던 청년이 군에 입대했다가 탈영을 한 뒤 돌아왔다. 당시 탈영한 군인이 붙잡히면 고문을 당하는 것은 불문가지였다. 어머니는 며칠을 고민하다가 그 청년을 불러 "매를 맞으면 많이 아플 것"이라며 엉덩이 주위에 솜뭉치를 덧댄 바지로 갈아 입혀 부대로 복귀하게 했다. 종종 등대원 아이들이 불량배들의 꼬임에 넘어가 업소에서 일을 하고 있다는 소문을 들으면 부리나케 그들을 찾아가서 돈을 주고 데려오는 한편 지역 유지들이 등대원 출신의 소녀들을 가사도우미로 채용할 수 있게 해달라는 부탁마저 어머니는 정중히 사절했다. 하나님께서 부탁한 딸들을 함부로 내보내서는 안된다는 것이 어머니의 지론이었다. 이렇듯 무한한 사랑으로 차별 없는 세상을 만들기 위해 늘 자신을 낮추었던 어머니는 길 잃은 한 마리 양(羊)을 수렁에서 건져내는 일을 마다하지 않았다.

양은 시력이 약해 어디에 기름진 초장이 있고 시냇물이 흐르는지를 찾지 못해 목동이 필요하듯 어머니는 양을 치는 목동을 자처했다. 이유 여하를 불문하고 아픔과 절망 속에서 고통받고 있는 사람들을 찾아다니며 이들을 양지로 끌어내 새로운 삶을 걷게 했다. 가난한 사람이든 부자든, 종교를 가졌든 그렇지 않든 가리지 않았다. 사소한 시비로 인해 교회를 떠난 사람을 찾아가 무릎을 꿇기도 했다. 어머니는 "도울 사람을 제때 돕지 않거나 찾아가지 않으면 자신의 몸이 아파버린다"고 할 정도였다. 어머니가 평생 회색옷을 입은 배경에 대해서도 오 전 총장은 "사모님께서 6·25 당시 젊은 여성들이 남편을 잃고 과부가 되는 아픔을 함께 나누기 위해서라는 말씀을 들은 적이 있다"고 밝혔다. 이런 와중에도 어머니는 틈만 나면 책을 읽었다. 〈자라투스트라는 이렇게 말했다〉, 〈자유냐 죽음이냐〉, 〈살며 사랑하며 배우며〉, 〈홀로 생각하며 함께 걸으며〉 등등… 이런 책들은 모두 이 대표의 서재에 보물처럼 꽂혀 어둠을 밝히고 있다.

밤의 목회자이신 어머니

어머니는 한밤중에 동네 골목을 자주 오가셨다. 산모의 집이나 병든 사람의 집, 또는 끼니를 굶는 가난한 집 대문 앞에 쌀이나 옷가지 등을 슬며시 놓고 돌아오기 위해서였다. 그러던 어느 날, 어머니가 어느 집 대문 앞에 봇짐을 놓고 돌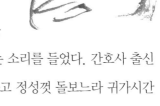아설 즈음 온 가족이 앓아누워 신음하는 소리를 들었다. 간호사 출신의 어머니는 이들을 재빨리 응급조치하고 정성껏 돌보느라 귀가시간을 놓쳤다. 대문을 나오는 순간, 때마침 순찰 중이던 경찰관에게 통

행금지 위반으로 걸려 하룻밤을 경찰서에서 보냈다. 다음 날 경찰서 장이 이같은 사실을 알고 담당 직원을 혼냈지만 어머니는 "이 사람은 자신의 일에 충실했을 뿐이다"며 "잘못은 내가 했다"고 용서를 구한 뒤 경찰서를 빠져 나왔다. 낮의 목회자는 이준묵 목사이고 밤의 목회 자는 김수덕 여사라는 말이 나온 배경이다.

"어머니는 예배를 드릴 때 항상 맨 뒤에 앉아 헐벗은 성도들의 기 장(체격)을 머릿속에 넣었어요. 그리고 4~5시간 걸리는 광주까지 나 가 직접 옷감을 구해 성도들에게 옷을 만들어 입혔어요. 그렇게 하다 보니 어느 때는 모든 성도들이 어머니가 지어준 옷을 입고 예배를 드 리는 진풍경이 일어난 적도 있어요."

당시 어머니가 지어주었다는 털스웨터나 오버는 등대원 식구들이 아니면 구경조차 힘든 귀한 옷이었다. 어머니는 옷 한 벌 만들어 주 는 것도 철저하게 비밀에 부쳤다. 받는 사람의 자존심을 감안했던 것 이다. 사람이 몸에 맞는 옷을 입어야 폼이 나듯, 어머니는 늘 개개인 의 사정을 고려해 도움의 손길을 건네는 등 어느 하나 빈틈이 없었 다. 특히 어머니는 등대원 식구들에게 구호품이나 후원자들이 보내 준 옷을 입히지 않았다. 간혹 명절 때나 기념이 될 만한 날에 들어오 는 선물은 이웃들의 몫이었다. 하물며 당신의 먹던 약마저 이웃에게 주는 어머니가 아니던가. 이런 어머니에게 아버지가 불평을 하자 "당 신은 보는 것으로 이미 배부르지 않느냐"며 자녀들에게도 "사람이 못

먹어서 탈나는 법은 없고, 너무 많이 먹어서 탈이 난다. 그리고 우리보다 더 필요한 사람에게 가는 것이 좋기 때문"이라고 했다. 당신의 자녀들이 보내는 용돈이 어머니의 손에 쥐어지는 순간, 또 다른 누군가의 주머니 속으로 들어갔다. 딸이 손수 지어준 옷마저도 그렇게 누군가에게 전달됐다. 이런 어머니의 선행이 알려져 정부가 훈장을 주었으나 이마저 탐탁지 않게 여겼다. '참(眞)'과 '봉사' 그리고 '사랑', 이 세 가지는 어머니가 필생 실천하고자 했던 자신의 사역이었다.

사람은 사람을 먹고 산다

목사의 아내로서 목양의 조력자가 되고, 병든 자를 치료하는 간호사와 청소부, 조리사를 마다하지 않았던 어머니는 늘 말보다 행동으로 먼저 실천했고 침묵의 삶을 영위해 왔다.

어느 날, 어머니는 평소와 달리 옷감이 전혀 다른 옷을 입고 딸집을 방문했다. 늘 무명옷만 걸치시던 어머니의 달라진 모습에 이광희 대표는 너무 기뻤다. 그런 기쁨도 잠시, 이 대표는 또다시 울음을 삼켰다. 곰팡이가 피어 폐기하려고 지하실에 잠시 보관해 뒀던 커튼을 집으로 가져가 삶고 말린 뒤 당신의 옷을 만들어 입고 오신 것이 아닌가. 평소에도 어머니는 갈포벽지의 안쪽에 붙어 있는 그물망을 분리해 옷을 만들어 입곤 했다. 이렇게 평생 청빈함과 성실함으로 살아온 어머니는 어느 날, 이 대표에게 "사람은 사람을 먹고 산다. 사람은 먹을 것이 없어도 살지만 먹을 사람이 없으면 죽는다. 너는 사람에게 먹혀 봤느냐"고 질문했다.

이 대표는 순간 당황했다. 사람은 누군가의 사랑과 배려를 먹고 산다는 뜻이다. 즉 사람은 사람과 어울리고 대화하면서 자라고 누군가의 사랑과 희생 속에서 성장해 간다는 어머니의 깊은 속뜻을 이 대표는 뒤늦게 깨달았다고 한다. 어머니의 나이가 90세쯤일 때다.

"엄마, 요즘 무슨 생각을 하고 사세요?"라고 물었다.

"하나님은 인간에게 선택의 자유를 주셨다. 사람이 해야 할 일과 하지 말아야 할 일이 있는데, 나는 지금 어느 선(線)에 속해 있는지에 대한 생각을 하고 있단다. 그런데 너는 어디에 속해 있느냐."

그는 또다시 말문이 막혔다. 선(線)이란 바로 경계다. 선(善)과 악(惡), 정의(正義)와 불의(不義)의 경계를 말한다. 만약 선한 경계에 섰다면 주저하지 말고 실천하고 이를 내일로 미루면 악이 된다는 말씀이었다. 어머니는 이렇듯 그 누구보다 강하고 담대했지만 늘 갖은 병치레를 했다. 한 숟가락만 더 달라는 배고픈 아이들의 표정을 읽고 당신의 밥그릇에서 한 숟갈씩 덜어내다 보니 어머니의 밥그릇은 늘 텅 비었다. 어머니의 몸무게는 평생 38kg를 넘긴 적이 없었다. 한쪽 다리가 마비되어 서울대학병원에서도 포기할 정도로 절망적인 상태에 놓였다. 이를 안타까워하던 등대원 아이들이 뜸북이를 잡아와 어머니에게 드시게 했다. 여린 소녀들의 이런 지극정성이 하늘에 미쳤

는지 어머니는 기적적으로 살아났지만 또 하나의 고민거리가 생겼다. 1965년 한일국교정상화 회담에 반대하는 시위가 전국적으로 불타오르면서 아버지는 해남, 강진, 장흥 등지에서 시국기도회를 여는 등 투쟁의 선봉대에 섰기 때문이다. 이 과정에서 한일정상화 회담 반대를 위한 연판장을 수만장 받았다. 문제는 이 연판장을 청와대에 전달할 사람이 없었다. 모두가 꽁무니를 뺐다. 어머니는 '죽으면 죽고 당하면 당한다'는 에스더의 심정으로 연판장 뭉치를 청와대에 전달하고 고향으로 내려온 의로운 여인이기도 했다. 당시 하나님 전상서의 주인공인 오 전 총장도 한일회담에 반대하는 시위에 참가했다가 구속됐다.

"사모님은 저에게 면회를 와서 '참으로 장한 일을 했다'며 격려하셨습니다. '나라가 어지러울 때 청년 학생들이 들고 일어나지 않으면 그러한 나라에 소망이 없다. 내가 용기와 희망을 잃지 않도록 기도하겠다'라는 말씀을 남기셨습니다."

꽃이 된 어머니

2003년 이 대표는 어머니가 쓰러지기 3일전 해남으로 내려갔다가 서울로 올라오는 길이었다.

이때 어머니는 이 대표를 광주까지 배웅하겠다고 극구 나섰다. 해남에서 광주로 올라오는 차안에서 둘은 짧은 대화를 나눴다. 어머니가 이 대표에게 "베리 굿(Very Good)"하고 뜬금없는 말을 건네자 이 대표는 "무슨 뜻이에요?"라고 물었다.

"너한테 고맙다. 댕큐(Thank you)" 하고서는 웃으면서 "성공의 근본은 참는 거야"라는 말씀을 남기고 이날의 대화는 끝이 났다. 이후 응급실에 입원한 뒤 며칠을 누워있던 어머니는 가족들에게 주사바늘을 빼고 집으로 가자고 종용했다. 하나님께서 주신 생명을 억지로 연장하지 않겠다는 뜻이었다. 이후 어머니는 임종을 앞두고 눈을 감으셨다가 몇초 후 잠시 눈을 뜨고선 방안에 있는 교인들과 가족 한 사람, 한 사람의 얼굴을 보시며 환한 미소를 지은 후 조용하게 세상을 떠났다. 당시 어머니 나이는 만 90세. 물 한 방울 남기지 않고 평생 써온 일기마저 불태웠던 어머니의 투병생활은 18일이 전부였다. 죽는 날까지 스스로 육신을 불태워 한줄기 바람과 함께 빈손으로 돌아가고 싶은 어머니의 마지막 바람이 아니었을까. 그래서 어머니의 유품은 안경과 성경, 그리고 책 몇 권이 전부였다. 그런데 어머니의 빛바랜 일기장 일부가 뒤늦게 발견됐다. 아마 잠깐 잊어버리셨을 거라는 이 대표의 생각이다. 1968년 2월 25일 어머니가 쓴 일기장 일부다.

> "나는 언제나 꽃이 좋다. 꽃과 같이 고운 생활을 했으면 하는 생각이 언제나 있기 때문이다. 꽃을 보고 싫어하는 사람, 미워하는 사람은 없다. 그러나 나를 보고 싫어하는 사람, 미워하는 사람은 있을 것이다. 꽃 한 송이만도 못한 나의 생이여! 나는 사람꽃이 되고 싶다."

어머니는 거지 밥상에도 늘 꽃 한 송이를 꽂을 만큼, 꽃을 사랑했다. 그래서 이 대표는 일주일에 한 번씩 꽃을 배달하고 집 주위에는 흑장미 200그루를 심어 어머니를 위로했다고 한다.

임종을 앞둔 어느 날, KBS에서 촬영을 나와 가족들은 여간 부담스럽지 않았다. 살아생전 어머니는 어디로 가나 자신이 드러나는 것을 극도로 싫어했다. 우여곡절 끝에 3부작 다큐 〈꽃이 되다〉가 방송되면서 시청자들에게 깊은 감동과 여운을 남겼다. 한때 CTS기독교 방송국에서 인기리에 방영됐던 〈유재건의 나의 어머니〉라는 프로에 어머니가 두 손을 모아 기도하는 사진 한 컷이 공개됐다. 모진 풍파를 견뎌낸 봉사와 헌신의 흔적이 고스란히 묻어났다. 분명, 어머니의 삶은 매 순간이 꽃봉오리였으며 따스한 봄바람을 타고 피어난 한 송이 사람꽃이었다.

영상과 패션 결합한 새로운 예술장르 개척

이 대표는 초등학교 들어가기 전까지는 늘 등대원 식구들과 어울리며 놀았다. 당시 등대원 식구만도 200여 명이 넘었다. 어머니의 특별한 사랑을 받고 싶었지만 오히려 자신보다 고아들을 먼저 챙긴 어머니였지만 단 한 번도 불만을 제기해 본 적이 없다. 그러나 이마저 초등학교 6학년 때 광주로 전학을 가면서 어머니와 떨어져 살아야 했다. 무슨 일이든 스스로 알아서 해야 했다. 힘들거나 외로울 땐 어머니가 더욱 그리웠다는 이 대표의 회고다.

함석헌 선생이 아버지에게 보낸 편지에서 이름에 들어간 '잠잠할 묵(默)'이 좋다는 글을 본 적이 있었다. 이 대표는 혼자 지내면서 침묵의 의미를 깨달았고, 그래서 언어에 대한 절제가 습관이 됐다. 그는 이화여대 비서학과를 졸업하고 뭘 할까 고민하다 패션 분야에 눈을 돌리고 국제복장학원을 다니면서 이론과 실기를 연마했다. 1979년 하얏트호텔 지하에 의상실을 열면서 디자이너의 길로 들어선 이광희 대표. 그의 패션 감각은 타의 추종을 허락지 않았다. 의상실 문을 연 지 채 10년이 되지 않은 상황에서 패션계의 다크호스로 떠올랐다. 30대 중반에 이미 상류층 여성들이 찾기 시작했고, 대기업 오너 부인들은 물론 퍼스트레이디들까지 찾아 들었다.

이 과정에서 앙드레김과 함께 '오트 쿠튀르'를 상징하는 최고의 디자이너로 세상에 이름을 알렸다. 1984년 당시 드라마 '사랑과 진실'에서 배우 원미경이 이 대표가 만든 옷을 입고 출연하면서 '이광희' 열풍이 불었다. 모두 순식간에 일어났다. 어머니가 등대원 식구들에게 손수 만든 옷을 입힌 DNA에다 자신만의 치열한 고민과 열정이 만들어낸 합작품이 아닐까. 이 대표는 여기서 안주하지 않았다. 패션을 예술로 승화시키겠다는 새로운 시도에 들어간다.

1986년 '이광희 룩스'라는 자신의 이름을 건 브랜드를 론칭하면서 대규모 패션쇼를 연데 이어 88서울올림픽 기념 초청 패션쇼에선 '살아 움직이는 전시회'라는 개념을 도입했다. 그의 파격을 넘어선 시도는 센세이션으로 돌아왔다. 당시 가로 15m, 세로 9m에 달하는 무대 위 대형 배경막(백드롭)에 재불 화가 이항성 화백의 순수 회화작품 40여 점을 올린 뒤 국내 최정상급 오케스트라가 연주하는 패션쇼로 진행, 패션계에 엄청난 문화적 충격을 줬다. 93대전엑스포 공식초청 패션쇼 및 F/W 정기 콜렉션 '사랑의 한빛', 우제길 화백의 '빛'시리즈 작품과 패션의 만남을 진행하면서 당시 '패션이 예술이냐'는 비판을 뒤집었다. 이런 창작활동을 인정받아 1994년 아시아패션진흥협회가 정한 '올해의 아시아 디자이너상' 국내 첫 수상자로 선정됐고 2000년엔 산업포장 대통령상을 받았다. 이미 30년 전 패션을 다른 문화예술 장르와 콜라보로 시도해 엄청난 반향을 일으킨 바 있지만 이 대표는 여기에서 안주하지 않았다. 그는 2000년대 들어와서는 패션을 디지털기술과 결합하는 콜라보를 시도하는 등 그만의 독특한 예술 세계를 개척해 나갔다. 드디어 2009년 서울 그랜드 하얏트에서 개최한 희망의 망고나무 심기를 위한 '패션과 디지털의 만남; 이광희 패션쇼'는 그야말로 새로운 예술장르를 선보인 특별한 무대로 패션예술계에 오랫동안 각인된 행사로 기록되고 있다. 여세를 몰아 이듬해인 2010년에는 디지털 영상에서 한 단계 진일보한 4D기술과 홀로그램을 이용한 희망의 망고나무 자선콘서트 'Journey To The African Moon'을 국립극장 대극장에서 열어 일대 파란을 일으켰다.

선한 일을 내일로 미루지 말라

이 대표는 2009년 평소 친하게 지내던 탤런트 김혜자씨를 따라 남수단 아랍주 톤즈를 갔다. 하지만 남수단은 30년 넘게 내전을 치르는 동안 생명의 온기는커녕 풀 한 포기조차 구경하기 힘든 절망의 땅이었다. 그래서 계란 하나 사기도 어려웠다.

이 대표는 "어렵사리 계란을 구해 그릇에다 쳤더니 계란이 힘없이 주르륵 쏟아졌다"며 "암탉이 뜨거운 날씨에다 영양까지 부실해 노른자가 없었기 때문"이라고 설명했다. 이렇듯 톤즈의 모든 생명체는 고통 그 자체였다. 이 대표는 강물을 마시고 콜레라로 800명이 죽었다는 톤즈의 어느 강가에서 우연히 한 소년을 만났다. 그 소년에게 이 대표는 "그 물고기 나 줄래"라고 물었더니 불쑥 물고기를 건네는 게 아닌가. 물고기 한 마리면 한 끼 주린 배를 채울 수 있었을 텐데…

이 대표는 자신도 모르게 순박한 그 소년을 와락 끌어안았다. 숨이 목구멍까지 차오르는 사막의 땅이지만 톤즈는 왠지 살가웠다. 한국전쟁 후 자신이 고아들과 어울렸던 땅끝마을 해남과 비슷하다는 생각이 들었다. 순간, "선한 일을 내일로 미루지 말라"는 어머니의 말씀이 불현듯이 떠올랐다.

"어머니라면 어떻게 하셨을까. 돌아가신지 6년이 지난 어머니가 왜 갑자기 톤즈에서…" 이 대표는 마음이 편치 않았다. 이때 망고나무 한 그루가 눈에 띄었다. 망고나무 한 그루만 있으면 한 가정을 살린다는 말을 들었다. 망고나무는 묘목을 심은 후 5~7년이면 수확이 가능하고 무려 100년 동안 열매를 맺는다. 망고나무를 가진 사람들은 망고를 따 시장에 내다 팔아 학교를 다니고 염소나 소를 살 수 있다는 것이다. 망고 묘목 한 그루는 우리 돈으로 약 2만~3만원. 그는 수중에 있던 돈을 모두 털어 100그루의 묘목을 사서 마을사람들에게 나눠주고 한국으로 돌아왔다. 그런데 며칠 동안 톤즈의 천진난만한 아이들이 눈에 아른거렸고 어머니의 말씀도 더욱 생생하게 들려왔다. 2011년 국제 NGO단체인 (사)희망의망고나무를 만들어 망고나무 심기 운동은 물론 '희망고 빌리지'를 설립해 톤즈 사람들의 자립을 돕고 있는 배경이다. 톤즈까지는 비행기만도 네 번을 갈아타야 하는 고된 행군이다.

톤즈의 자립을 돕다

이 대표의 나눔은 이미 30년 전부터 시작되었다. 그는 그저 형식적이고 소모적인 자선활동 보다는 생산적이면서 선순환을 이룰 수 있는 방식의 나눔 운동을 전개해왔다. 1992년 힐튼호텔에서 개최한 무의탁 노인을 위한 기금마련 자선패션쇼가 대표적이다.

"당시 노인복지에 대한 인식이 거의 없었습니다. 주로 장애인이나 소년소녀 가장 등에 치우쳐 있었죠. 그래서 전국 최초로 '탁노소(託老所)' 설립 기금마련을 위한 패션쇼를 열었던 것입니다. 당시 서울시에서도 탁노소 설립을 진행하려다가 중단했다고 들었습니다. 그런데 제가 패션쇼를 열면서 탁노소에 대한 인식이 바뀌었지요. 탁노소에 대한 개념도 모호한 상태에서 지금 전국적으로 수백여 개의 탁노소가 설립된 것으로 알고 있습니다."

이 대표의 도네이션 프로젝트는 지금까지 40여 년 동안 수백여 건에 이른다. 장애치료센터 건립 기금 마련에서부터 정신지체아 재활시설 기금 마련 및 심장병 어린이 돕기 성금 마련 정기 콜렉션, 신장병 어린이 돕기·루프스 환자 돕기·북한 어린이 돕기 등 그의 자선활동은 방대하다. 2009년 남수단 톤즈에 망고나무 심기 운동을 전개하면서부터는 아프리카까지 자선활동의 범위를 넓히고 있다. 망고나무 묘목 기금 마련을 위한 나눔 바자회 '망고와 생선'을 시작으로 희망고빌리지 건립 및 통학버스 기금 마련 등 톤즈의 자립기반을 위한 사회공헌사업을 활발히 전개하고 있다.

"내 삶의 뿌리는 어머니입니다. 내 인생을 살아가는 이정표이자 내 마음의 지주입니다. 어떤 일을 결정하거나 생각할 때 대답의 기준이 되는 분, 그런 어머니는 내게 어머니 이상의 훨씬 더 높은 절대적 존재였습니다."

이 대표는 지금까지 10년 넘게 매년 한두 차례 톤즈로 날아갔다. 희망고는 지금까지 망고나무를 4만 그루 넘게 심었다. 톤즈의 어른들에게 농사기술과 목공·조적·컴퓨터 기술을 가르치는 교육기관 및 어린아이들을 위한 학교와 탁아소, 그리고 망고 묘목장, 우물, 화장실 등이 들어선 희망고빌리지는 어린 아이에서부터 어른까지 모든 세대를 아우르는 원스톱 솔루션을 제공하고 있다. 이미 희망고빌리지 내에 여성직업학교를 개교한데 이어 유치원과 초등학교도 문을 열었다.

바늘로 바위를 뚫다

2014년 무렵 수술을 받아 톤즈로 갈 수가 없었던 이 대표는 어느 날 새벽녘에 특별한 꿈을 꿨다. 사진 속 한센인들이 '퍽퍽' 자신에게 안기는 꿈이었다. '희망고'의 든든한 후원자였던 남편마저 한센인 봉사는 말렸다. 어린 시절, 아버지 이준묵 목사는 해남에 많이 있던 한센인들을 치료하기 위해 미국 의료 선교사들을 초빙해 왔는데, 관청이나 그 어디서도 치료 장소를 제공하지 않아 자신의 집을 임시 치료소로 사용했다. 그래서 이 대표 형제들은 어렸을 때부터 한센인들에 대한 거부감이 없었고 그것이 지금의 한센인 봉사로 자연스럽게 이어졌다.

이 대표는 "한센인을 가슴에 안는 꿈을 꾼 이후 두려움이 씻은 듯 없어졌고 그래서 만나고 싶다는 생각에 목발을 짚고 톤즈로 떠났다"고 말했다. 그는 600여명이 사는 한센인 마을에 도착해 예배당과 유치원, 교육 및 의료시설 등 한센인 복합센터 건물을 짓기 위한 밑그림을 그린 후 귀국했다. 현장 책임자가 여섯 차례나 바뀌는 등 적지 않은 곡절을 겪었다. 2019년 8월 한센인 복합센터를 완공하기까지 꼬박 5년이 걸렸다.

"포기하고 싶을 때마다 나를 세운 건 톤즈 사람들이었습니다. 벽돌을 날라 쌓고 정성껏 페인트칠하는 그들을 보며 오히려 내가 힘을 얻었지요. '희망고빌리지' 재봉학교 졸업생들은 옷을 만들어줬습니다. 완공에 앞서 찾은 한센인 마을에서 그들은 내게 '너를 보내주신 하나님은 거룩하고 위대하시다. 약속을 지켜줘 고맙다'고 인사를 했습니다."

〈'역경의 열매'/국민일보〉

대표는 코로나로 인해 2년째 톤즈에 나가지 못하고 있다. 발만 동동 구르고 앉아 있을 수는 없는 일. 코로나가 하늘길과 바닷길을 막았지만 톤즈 사랑에 대한 그의 의지는 막을 수 없었다. 이 대표는 지난 5월 15일 부산에 보름 동안 머물면서 농사용 트랙터 2대, 시멘트 500포대, 컴퓨터 90대, 곡괭이·호미 각 500자루, 각종 씨앗 1만 봉지, 매트리스 500개를 비롯해 어린이들의 선물까지 컨테이너에 채워 보냈다. 일명 '희망고 농사프로젝트'다.

남수단의 배고픔을 해결하기 위해 현지인들이 직접 농사를 지어 식량을 자급자족 할 수 있는 길을 열어주겠다는 취지에서 시작했다. 앞으로 한센인 초등학교 건축도 준비하고 있다. '산을 만나면 길을 만들고, 물을 만나면 다리를 놓는다'는 봉산개도 우수가교(逢山開道 遇水架橋)의 정신이 묻어난다. 한 올 한 올 기워내는 정성과 땀이 모여 옷 하나가 만들어지듯이, 바늘 하나로 찢어지고 해진 톤즈를 기워내고 있는 이 대표. 그는 부모님이 해남에 '등대원'을 세워 인류애를 몸소 실천한 것처럼, 바늘로 바위를 뚫어 남수단판 등대원을 톤즈에 세우고 있다.

"장학금은 그냥 '돈'이 아니라, 누군가의 미래를 열어주는 '열쇠'이고, 누군가의 절망을 희망으로 바꾸는 마술"이라며 "차세대 장학사업에 여생을 바치겠다"고 입버릇처럼 강조해 왔다."

정영수 CJ그룹 글로별경영 고문

〈약력〉
- 현 CJ그룹 글로벌경영고문
- 한상리딩CEO포럼 의장
- 글로벌한상드림장학재단 이사장
- 한국문인협회 회원(수필가)

〈수상〉
- 국민훈장 모란장(2009/한국정부)
- 베트남문화훈장(2013/베트남정부)
- 자랑스런한국인대상(2017/한국언론인
  연합회)
- 국제거래신용대상(2018/한국중재학회)

〈저서〉
- 멋진 촌놈(산문집/2012)
- The hub of Asia(2014 공저)
- 70찻잔(수필집/2015)
- 밖으로 밖으로, 신나는 여행
- 수필집 70찻잔 (증보판/2018)

정영수 CJ그룹 글로벌경영 고문

삼남매를 글로벌인재로 키운 비결

정영수 아들 부부(정종환 · 이경후)

본지는 정영수 CJ그룹 글로벌경영 고문의 산문집과 수필집 〈멋진 촌놈〉,〈70찻잔〉, 〈밖으로 밖으로, 신나는 여행〉과 본지의 취재를 종합하여 이 글을 전제함을 밝힌다.

삼남매를 글로벌인재로 키운 비결

꽃을 든 남자

꽃을 무던히도 좋아하는 한 남자가 있다. 이 꽃 저 꽃 가리지 않고 꽃이라면 사족을 못 쓸 정도다. 굳이 따진다면 소박한 민들레와 아카시아를 좋아하고, 수줍은 듯 고개 숙인 자태가 어머니를 꼭 빼닮은 수선화를 사랑한다고 했다. 그는 따뜻한 봄날, 지천에 널린 개나리꽃을 '고향의 꽃'으로 부른다. 어린 시절 개나리꽃 무더기 아래로 병아리가 떼를 지어 종종거리던 모습을 보며 신기해하던 그는 동화 속의 삽화 한 페이지가 떠올라서 이름 하나를 그렇게 더 지었다. 맵찬 추위를 뚫고 피어나는 홍매화와 청매화, 그 자태가 연꽃을 닮았다고 해서 붙여진 백목련, 자목련, 별목련은 따뜻한 봄소식을 전해주는 전령이라고 했다. 여름날, 하늘의 별을 땅에 흩뿌려 놓은 듯한 채송화와 새벽이슬을 머금고 담장을 타고 오르는 나팔꽃은 자신의 가슴을 먹먹하게 만든다고 한다. 정열을 상징하는 빨간 장미, 고독한 아름다움을 물씬 풍기는 들장미도 그에게는 색다른 감정으로 다가온다. 장미처럼 화려하지 않고 정열을 속으로 간직한 동양의 여인 같은 자태의 찔레꽃이 하얗게 피는 밤이면 아직도 그의 가슴이 두근거린다고…

"고향집 울 밑에 다소곳이 피어나던 나팔꽃과 채송화는 누이와 같은 꽃이고 여름날 봉숭아꽃은 꿈에서도 잊을 수 없는 엄마의 꽃이죠. 돌절구에 분홍 꽃잎을 곱게 다져 내 손톱에 감싸주시고, 가족들을 위한 소원을 가득 담아 당신 손톱에도 정성스럽게 물들이시던 모습은 잊지 못할 한여름밤의 단상입니다."

〈'멋진 촌놈' 中/정영수 저〉

가을바람에 흔들리는 코스모스는 어릴 적 여동생을 닮아서 정겹게 느껴진다고 한다. 가을이 깊어져 구절초가 필 무렵이면 자신도 모르게 깊은 사색에 잠기기도 한다. 겨울철 혹독한 추위를 견뎌내고 피어나는 동백꽃. 동백은 향기가 없는 대신 그 붉디붉은 빛으로 동박새를 부른다고 했다. 동백은 혹독한 추위 속에서도 꽃을 피우고 장수한다. 어려운 세상에 오래 빛이 되고픈 그의 바람을 동백이 온몸으로 말해주는 것 같아 마음이 끌린다는 그의 고백이다. 중국 청나라의 화가 화암(華嵒)은 "동백은 청수한 꽃을 지닌 데다 빛나고 윤택한 사시(四時)의 잎을 겸했으니 화림(花林)중에 뛰어나고 복을 갖춘 꽃"이라고 말했다. 우리나라는 비교적 사계절이 뚜렷해 우리의 선비들은 꽃이 피고 지는 모습에서 인생을 배우고 자연과 삶의 이치를 깨달았다. 나이 70이 넘어도 주말이면 어김없이 꽃을 사서 집으로 돌아간다는 상남자. 그럴 때마다 빠듯한 살림살이에 적지 않은 꽃값을 지불하는 그 남자에게 아내가 핀잔을 하면 "그 정도쯤 지출해야 문화인"이라고 우겨댄다. 그때서야 아내도 슬그머니 꼬리를 내린다.

유행가 '꽃을 든 남자'의 가사인 '나는야 꽃잎 되어 그대 가슴에 영원히 날고 싶어라. 사랑에 취해 향기에 취해 그대에게 빠져 버린 나는 나~는 꽃을 든 남자.'

> "꽃이 있으면 집안의 분위기가 달라집니다. 꽃향기가 집안을 채우고 있는데 이런 분위기에서 큰 소리를 내거나 다투기는 쉽지 않아요. 꽃은 사람의 마음을 평화롭게 해주어 꽃이 있는 가정은 저절로 화목해지는 것입니다. 꽃은 치열하게 살아가는 경쟁사회에서 긴장되어 있는 심신을 부드럽게 위무해줍니다. 꽃은 우리의 영혼을 다독이는 손길이자, 세상을 긍정의 힘으로 바라볼 수 있게 해주는 치료제입니다."
>
> 〈'멋진 촌놈' 中/정영수 저〉

2012년 산문집 〈멋진 촌놈〉을 출간한 데 이어 2015년 수필집 〈70 찻잔〉을 내고 2017년 월간문학 7월호에 〈노년의 샘〉을 실으면서 정식 수필가로 등단한 정영수 CJ그룹 글로벌경영고문이 그 상남자다. 그가 태중일 때 할머니가 꿈속에서 지천에 만개한 아름다운 꽃을 봤다고 하니 그럴 만도 하지 않을까. 할머니의 태몽에 가족들 모두가 딸이 태어나지 않을까 했는데 아들로 태어났다는 정 고문. 남자라고 꽃을 좋아하지 말라는 법이 어디 있나. 그의 삶에서 꽃은 그래서 때

려야 뗄 수 없는 운명 같다고나 할까. 신혼초 월셋집과 전셋집을 전전하면서도 늘 꽃을 한아름 사서 책상 위에 꽂아두었고 딸 둘이 태어나자 딸들도 꽃처럼 아름답게 커주기 바라는 마음에서 더욱 애착을 갖고 꽃을 사들였다는 그의 회고다. 고향 진주에서 중고등학교를 다닐 때 집 앞마당에 새벽이슬을 머금고 피어 있는 난초를 볼 때면 신비한 아름다움에 가슴이 울렁거렸다는 게 그의 고백이니 서양난의 천국인 싱가포르에서 산 것도 예사롭지 않은 그의 운명으로 읽혀진다.

난초는 외떡잎식물 중에서 가장 진화된 식물군으로 전 세계에 걸쳐 약 700속 2만5000여종이며 그 중 한국 자생종은 39속 84종이라고 한다. 대학시절, 교수 연구실에 갔다가 서양난에 빠져 곧바로 화원과 꽃집을 찾아다니면서 한 분을 구해 책상 위에 놓고 감상하기도 했다. 동양난의 매력이 잎에 있다면 서양난의 매력은 꽃에 있다는 그의 설명이다. 싱가포르는 국화(國花)가 바로 란(Orchid)이다. 언젠가부터 아내의 권유로 싱가포르 그의 집에는 늘 오키드가 집안의 분위기를 살리고 있다고 한다. 오키드는 형형색색의 꽃을 자랑한다. 빨강, 노랑, 자주, 보라 등등 다채로운 색도

색이지만 꽃잎의 모양도 다양해서 키우는 재미가 특별하다는 그의 꽃 타령이다.

졸면 죽는다

정영수 고문은 경상남도 진주에서 해방둥이로 태어났다. 해외생활 50년. 싱가포르에서만 45년여를 살았다. 해외에서 오래 살아온 사람들에게 고향은 어머니 같은 그리움과 추억의 공간이다. 이국에서 본 밤하늘의 별들도 꼭 고향의 언덕배기 산마루에서 본 그 별이 아니던가. 외롭고 힘들 때 하늘의 별을 보고 '고향생각'을 부르면서 이민생활의 고단함을 위로 받던 그들이다.

정 고문이 태어난 그의 고향 진주 역시, 일제가 할퀴고 간 상처에다 한국전쟁이 터지는 바람에 모두가 가난했고 하루 세 끼 챙겨먹을 수 있는 가정이 손가락 안에 들 정도로 누구나 예외 없이 모진 삶을 버티고 살아왔다. 그럼에도 고향은 잊을 수 없고 잊혀지지 않는 법. 누가 뭐래도 물 좋고 인심 좋은 충절의 고향 진주는 그의 자부심이었다. 그래서 고향은 늘 살갑고 애틋했으며 고향의 일이라면 만사 제쳐두고 팔을 걷어붙이면서 살아온 이유이기도 하다.

"나를 지켜주고 튼튼하게 키워준 어머니와 같은 자랑스러운 고향, 누가 고향이라도 물을라치면 나는 미리부터 어깨가 쭉 펴지고, 가슴 속으로 따뜻한 기운이 차오름을 느낀다. 꿈에서라도 가보고 싶은 그립고 그리운 그곳."

어린 시절, 정 고문은 부친이 공무원을 하고 어머니도 시장에서 양품점을 운영했기 때문에 배를 곯지는 않았다. 또래에 비해 행운아였던 셈이다. 그는 어려서부터 유달리 미지의 세계에 대한 호기심이 많았다. 대학을 졸업하고 월남전까지 참전하고 돌아와 무역회사에 취직해 1976년 홍콩행 비행기에 몸을 실은 이유도 이런 어린 시절의 호기심이 발동했기 때문이다.

대기업 상사 주재원으로 사회생활을 시작한 그는 1982년 싱가포르로 발령이 나 여기서 법인을 맡았다. 8년간의 봉급쟁이 생활을 마치고 1984년 비디오·오디오 테이프 판매회사를 세웠다. 싱가포르를 거점으로 말레이시아를 비롯한 동남아 일대는 물론 멀게는 미국과 영국에 이르기까지 5대양 6대주를 누볐다.

가진 것 없이 시작한 그에겐 오직 '졸면 죽는다'는 정신 하나뿐이었다. 사업 초창기 자동차 트렁크와 뒷좌석에 테이프 2000개를 싣고 말레이시아로 넘어가 주말 동안 모두 팔고 돌아와야 직성이 풀리는 그였다.

1985년 한 해에는 무려 53차례에 걸쳐 말레이시아를 방문하는 등 발로 뛰면서 흘린 땀방울은 헛되지 않았다. 그의 주가는 천정부지로 뛰기 시작했다. 하지만 세상사 호사다마(好事多魔)라고 했던가. 자본과 조직을 갖춘 일본의 경쟁회사들이 정 고문에 대한 모함과 함께 가격담합을 통해 그의 등에 비수를 꽂았다. 결국 파산직전까지 내몰렸지만 특유의 뚝심과 배짱으로 위기를 극복하는데 성공한다. 당시 싱가포르 수출기업 마그네틱 부문 수출 1위, 내수시장 공급 1위라는 경이적인 실적을 올렸다. 1991년엔 한국에서 수출의 날 훈장인 수출산업포장을 받는다. 그것도 자체 브랜드를 통해 얻어낸 성과물이다. 물건 하나를 팔더라도 한국 상품을 팔겠다는 그의 고집이 만들어낸 기적이었다.

2000년대 들어 태국 등지에 3개의 현지법인을 만드는 등 사업이 확장일로를 달렸으나 2009년 사업장 일체를 정리하고 CJ그룹으로 옮긴 뒤 동남아 전역 비즈니스를 총괄하는 경영고문으로 활동하고 있다. 그는 이에 대해 "고문의 자리는 조직이나 단체에서 나침반 같은 역할을 해야 한다"며 "경륜과 식견, 그리고 시간적 여유와 전문성을 갖춰야 한다"고 설명했다. 홍콩에서 시작해 45년여를 싱가포르에서 살아온 '디아스포라'이기도 한 정영수. 타국에서 눈물 젖은 빵을 먹으며 뿌리를 내릴 때까지 기업인으로 치열한 비즈니스를 통해 달러를 벌어들여 한강의 기적을 일구는데 힘을 보탰고, 한국의 문화를 전파하는 민간외교관으로서 충실한 삶을 살아왔다.

칠순을 맞아 2017년 9월 1일 남산 힐튼호텔에서 정 고문은 아내 강안나씨와 동시에 출판기념회를 열었다. 그의 아내는 1986년 중앙일보 아주 백일장대회 성인부에서 우수상을 수상한 데 이어 2017년 문학나무 신인작품상 시 부문에서 〈눈부신 그늘〉로 입선하면서 정식 시인으로 등단했다.

교육은 화초 키우듯이

이날 출판기념회는 해외에서 누구도 가보지 않은 길을 개척한 한 가정의 아름다운 뒷모습을 엿보는 기회가 됐다. 맏딸 정세은씨가 사회를 보고 장남 정종환 CJ부사장이 가족대표로 인사를 했다. 또한 차녀인 정지은씨가 폐회식 인사를, 그의 딸인 조예인 어린이가 할아버지 · 할머니에게 바치는 '우리 함께'라는 동시를 낭송하면서 백미를 장식했다. 이날 공식 행사 말미에 한 참석자가 강 시인에게 "자녀들을 글로벌 인재로 키운 비결이 뭐냐"고 묻는 질의에 "특별함도 내세울 것도 없는 평범한 가정에서 우리 모두가 할 수 있는 '정성'을 다한 것이 전부"라며 "아이들이 엄마 아빠의 생각을 잘 이해해주고 따라주는 행운이 주어졌을 뿐"이라고 짤막하게 대답했다. 그게 다일까.

어린 시절, 정 고문의 어머니는 시장에서 양품점을 운영하다보니 아침 일찍 집을 나섰다가 오후 늦게 서야 돌아올 수밖에 없었다. 맏아들인 정영수가 학교에 갔다가 집으로 돌아올 때면 집은 텅 비어 있었다. 이럴 때마다 마음 한 켠이 늘 외롭고 허전했던 기억이 나이가 들어서도 지워지지 않았다. 결혼을 하기 위해 맞선을 보는 자리에서 정 고문은 "자녀들이 학교에서 돌아오는 시간에 꼭 집에서 맞이해줄 것"을 청했다고 한다. 맞선 상대인 강안나씨도 예비신랑의 제안에 맞장구를 치면서 마침내 결혼에 이른다. 어린 시절의 아픈 경험을 자녀들에게 대물림하지 않겠다는 정 고문의 의지였다. 그렇다면 어린 시절 정영수는 그의 부모로부터 어떤 교육을 받았을까. 그가 다섯 살 무렵이다. 6·25 전쟁으로 가족 모두가 피난을 떠났다. 유난히 춥게 느껴졌던 그해 겨울, 그의 부모님은 아들이 혹시 추울까봐 솜옷으로 꽁꽁 감싸 몇 십리를 가면서도 따뜻한 음식을 챙겨주었고, 긴 피난길에 행여 다리가 아플까봐 업어주던 기억들이 생생하다고 그는 추억했다. 나중에 자라서 학교교육을 통해 전쟁의 참상을 배우면서 당시 부모님이 얼마나 정성을 다해 자신을 보호하고 사랑했는지 깨달았고 그 고마움을 가슴에 아로새기며 살아왔다는 그의 설명이다. 그렇게 사랑으로 키워주신 부모님이지만 엄한 면도 적지 않았다.

정 고문이 중학교에 들어갔을 때 그의 아버지는 가훈을 만들어 벽에 걸어놓고 동생들과 함께 읽기를 권했고 마루에 꿇어 앉아 삼강오륜과 명심보감 강의를 한 시간씩 듣게 했다. 정 고문은 "당시는 고역이었지만 세월이 지나면서 모진 풍파를 헤쳐 나가는데 자양분이 됐다"고 말한다. 정 고문도 나이가 들어 결혼을 하고 아이들이 태어났다. 그의 말대로 특별하거나 색다른 교육을 시킨 것은 더더욱 아니었다. 정 고문이 아버지에게 물려받은 것처럼 '호연지기'를 가훈으로 정한 뒤 일찍 자고 일찍 일어나게 한다거나 절대로 거짓말을 해서는 안 된다는 정도가 전부였다. 다만 무엇보다 아이들에게 한글을 가르치기 위해 무던히 애를 썼다. 한글이야말로 한국인의 정체성 확보를 위한 큰 줄기라는 생각을 했기 때문이다.

대하소설 〈혼불〉작가로 유명한 최명희(1947~1998) 선생은 살아생전 호암상 예술상 시상식에서 "언어는 정신의 지문이며 한 나라, 한 민족의 정체는 모국어에 담겨 있다"고 밝힌 바 있다.

그는 "세월이 가고 시대가 바뀌어도 풍화 마모되지 않는 모국어 몇 모금을 그 자리에 고이게 할 수만 있다면 그리하여 우리 정신의 기둥 하나 세울 수 있다면…"이라는 글을 남겼다. 그렇다.

정 고문 부부도 집에서 만큼은 우리글과 우리말 교육을 집중적으로 시켰다. 이를 위해 정 고문 부부는 한국의 다양한 교육 문화 프로그램을 들여와 자녀들이 자연스럽게 소화하도록 분위기를 조성하는 한편 방학 때는 한국으로 보내 친구들과 어울리면서 놀게 하기도 했다.

이렇다보니 큰 아이(정세은)는 방학동안 한국에서 실컷 놀다가 싱가포르에 돌아와 학교성적이 떨어지면 눈물까지 흘리기도 했지만 정 고문은 한 해도 거르지 않고 아이들을 한국으로 보냈다. 이때 아이들은 2~3개월씩 한국의 중등학교에서 청강생으로 한국어를 다듬었고 국제교육진흥원을 다니면서 언어의 깊이를 깨닫게 했다. 이것도 모자라 정 고문은 아이들과 함께 한글 성경책을 읽고 토론하는 시간을 가지면서 소통과 공감능력을 키우는데 주력하기도 했다.

다만 유치원이나 학교교육은 외국인 교육기관에 맡겼다. 모국어를 잘하지 못하면 외국어를 제 아무리 잘한다 해도 한국인으로 살아갈 수 없다는 그의 소신이다. 정 고문은 본지와의 인터뷰를 통해 아이들의 교육방법을 이렇게 설명했다.

"화초를 기를 때에도 때에 맞춰 물도 주고, 햇볕도 쬐어주고, 잡초도 뽑아주고, 불필요한 가지도 쳐주어야 하고, 영양분도 공급해 줘야 합니다. 한낱 화초 하나를 기를 때도 이럴진대 자녀를 키우는 일이야 더 말해 무엇 하겠습니까. 사람은 지능이 높고 감성이 풍부하기 때문에 주위 환경의 영향을 더 크게 받아요. 더군다나 커가면서 육체적, 정신적으로 다양한 변화를 겪기 때문에 부모의 세심하고도 지극한 관심과 정성이 있어야만 아이들을 올바르고 훌륭하게 키울 수 있습니다."

품격과 인격의 삼남매는 누구

예나 지금이나 아이들의 교육은 아내의 몫이 적지 않다. 그러나 해외에서의 자녀교육은 국내와 비교할 수 없을 정도로 차이가 크다. 그의 아내는 20년 가까이 세 아이를 키우면서 "편하게 외출 한번 나갈 수가 없었다"며 "아이들을 등교시킨 뒤에도 두 시간은 꼭 집에서 대기를 했다"고 고백했다. 혹시 학교 준비물을 챙기지 못하고 등교했을 경우를 대비하기 위해서였다. 삼남매가 부모의 곁을 떠날 때까지 단 한 번도 이를 어겨 본 적이 없다는 강안나씨의 설명이다.

"나는 교육 중에 가장 중요한 것은 가정교육이라고 믿습니다. 집안에서 먼저 부모로부터 바른 훈육을 받아야 학교교육과 사회교육을 통해 바람직하고 성공적인 사람으로 거듭날 수 있기 때문이지요. 더군다나 가정교육은 부모로부터 자식으로, 또 그 다음 세대로 유전되는 만큼, 가정교육이 한 번 잘못된다면 그 자식 세대는 물론, 손주들 세대까지도 큰 불행이 미치게 되는 것입니다."

〈'밖으로 밖으로, 신나는 여행' 中/정영수 저〉

부부는 가정교육 뿐만 아니라 바른 인성을 위한 정서교육에도 적지 않은 투자를 했다. 예의범절과 인성교육은 물론 바둑과 서예를 가르치기도 했다.

큰딸은 피아노, 작은딸은 플루트, 아들은 바이올린을 배우게 했다. 토요일은 수영과 싱가포르 한글학교로, 일요일은 미술학원으로 보내는 등 전쟁터나 다름없이 분주했다. 이런 고된 과정을 거친 삼남매는 모두 세계적인 명문대를 졸업하고 글로벌 무대에서 사회생활을 하고 있다. 영어·중국어·한국어는 물론, 불어와 스페인어까지 구사한다. 글로벌 시대 다양한 언어구사 능력은 비즈니스의 기본이다. 하지만 이런 스펙만으로 전체를 평가하는 것이 조금은 세속적일 수 있다. 삼남매 모두가 한국인으로서 정체성은 물론, 언제 어디서나 상대를 배려할 줄 알고, 매사에 감사하는 미덕을 가지고 있다는 주위의 평가다. 때묻지 않은 순수함도 돋보인다고 했다.

맏딸 정세은씨는 싱가포르에서 초중고를 마친 뒤 연세대 신문방송학과를 졸업하고 아리랑TV 앵커로 시작해 CNA에서 오전 프라임 시간대(06:00~09:30)의 방송을 진행하는 앵커로 11년간 근무하다가 현재 육아 중에 있다. CNA는 중국, 인도, 인도네시아 등 20여 개국에 약 2억 명의 시청자를 가진 아시아 최대의 방송국이다. 워낙 방송 진행을 매끄럽게 하다 보니 리센룽(李顯龍) 싱가포르 총리가 "저 앵커가 누구냐"며 관심을 표시했을 정도다. 특히 그는 아시아 기자 최초로 반기문 유엔 사무총장을 인터뷰한데 이어 뉴욕에서 1박2일 동행 취재하는 기회를 잡아 세계적인 스타가 되기도 했다. 지금은 말레이시아·싱가포르에서 손가락 안에 드는 재벌기업의 며느리가 됐지만 아직도 그는 인터넷을 통해 한국의 동대문시장이나 남대문시장에서 신발과 옷을 사 입을 정도로 검소하다. 명품 옷 하나쯤 사 입고 다녔으면 하는 부모의 바람도 거절하고 "동대문 남대문시장의 옷이 편하다"는 말로 대신한다. 그의 남편은 케임브리지 대학을 졸업하고 한국의 재벌급에 해당하는 기업에서 CEO로 활동하고 있다.

둘째인 정지은씨는 미국 보스턴 인근에 있는 St.Mark(South-borough MA)스쿨을 졸업한 뒤 미국의 여러 유수한 대학에서 입학 허가를 받았지만 서울대 사회과학대학을 선택했다. 그는 서울대를 졸업한 뒤 미국회사 TYCO와 엑센추어에서 근무하다 결혼한 뒤 잠시 육아에 전념하다가 현재는 한국의 대기업에서 직장생활을 이어가고 있다. 그의 남편은 연세대 의과대학을 졸업하고 박사학위를 취득한 뒤 현재 연세대병원에서 의사 및 교수로 근무하고 있다. 정 고문은 "둘째 딸이 홍콩에서 태어나고 싱가포르와 미국에서 자란 만큼, 한국과 멀어질 것 같아 어렵게 아이를 설득해 한국행을 결정했다"고 밝힌 바 있다.

막내인 정종환 부사장은 미국의 고교과정인 밀턴 아카데미와 미국 최고의 명문사립 컬럼비아대학을 졸업하고 당시 세계적으로 취업난이 극심한 상황에서 Ernst&Young에 입사하는 저력을 보여주기도 했다. 세계 유수의 컨설팅 회사인 Ernst&Young은 정종환 부사장이 학창시절, 유학생 회장으로 다양한 봉사활동을 한 점과 인턴 경험(KOSDAQ, HSBC Bank, Arthur Anderson)을 높게 평가했다고 한다. 이후 그는 City Bank로 옮겨 컬럼비아에서 석사학위를 받은 뒤 중국 칭화대 MBA과정을 거쳐 현재 CJ그룹 미주본부 부사장으로 근무하고 있다.

그의 아내 이경후씨는 CJ그룹 이재현 회장의 맏딸로 미국에서 공부할 때 대학동문으로 정종환 부사장을 만나 결혼했다. 정 고문의 자녀들은 이제 모두 40대로 성장했으며 특히 막내인 정종환 부사장의 경우, 미국의 한인사회에서 차세대 롤 모델이라는 평가까지 받고 있다.

돌아온 명품 두 벌

전 세계 해외동포 자녀들이 한국어를 제대로 구사하지 못해 부모의 마음을 애타게 하고, 한국인으로 정체성을 잃어가는 현실에서 정영수 부부의 삼남매 교육방식이 관심을 끌고 있다. 정 고문은 줄탁동시(啐啄同時)의 교육방식을 꺼냈다. 알 속의 병아리가 껍질을 깨고 나오기 위해서는 껍질 속에서 쪼는 신호를 어미닭에게 보낸다. 이때 어미닭도 밖에서 품고 있던 알을 쪼면 그때서야 껍질이 깨지면서 알 속의 병아리가 나올 수 있다. 즉 병아리가 알에서 나오기 위해서는 어미 닭과 병아리가 동시에 노력을 기울어야 하듯 남편은 아내와 손뼉을 치고, 부부는 자녀들과 손뼉을 쳤을 때 비로소 교육의 목적을 달성할 수 있다는 설명이다.

누구든 해외에서의 삶은 전쟁터나 다름없이 거칠고 험하다. 삼남매를 글로벌인재로 양성하기까지 이들 부부에게 적지 않은 고통이 수반이 되었음은 불문가지. 맨손으로 사업을 시작하다보니 늘 경제적으로 자유롭지 못했고, 그래서 아이들에게 원하는 교육을 시킬 수 없었다. 자녀들의 교육비는 해가 바뀔 때마다 천정부지로 솟았다. 더군다나 아이들이 하나도 아니고 셋이나 됐다. 미국 유학비는 적게는 연간 5만 달러, 많게는 10만 달러씩 들어갔다. 이런 가운데 정 고문은 각종 싱가포르 한인회 관련 단체에 적지 않은 기부금을 내놓았다. 이런 남편으로 인해 아내의 불만도 적지 않았지만 천성이 사람 좋아하고 봉사를 좋아하는 남편을 탓하고 있을 수만은 없는 노릇이었다. '아나바다', 아껴 쓰고, 나눠 쓰고, 바꿔 쓰고, 다시 쓰고, 그렇게 근검절약의 습관을 들여야 했다. 사업하는 남편의 아내로 산 지 20년이 넘었지만 명품 옷 하나 마음 편하게 사 본 적이 없었다는 그의 솔직한 고백이다. 남편이 쓴 수필집 〈멋진 촌놈〉에 강안나씨는 이런 글을 남겼다.

> 둘째와 셋째를 미국 동부 명문학교에 입학시키고
> 제발 아이들 걱정 말고 잘 지내시라는
> 선생님의 부탁도 있었건만
> 나는 수개월 동안 외출도 외식도 하고 싶지 않았다.
> 자꾸만 아이 룸메이트의 옷장에 널려진 명품 옷들이 마음에 걸린다.
> '이제 곧 한파가 올 텐데…'
> 큰 마음먹고 명품 두벌을 사서 보냈다.
> 그런데 하얀 종이 위에 둘째 딸아이의 마음과 함께 돌아왔다.
> "사랑하는 엄마, 저희 걱정은 마세요.
> 엄마 나이되면 사 입을게요. 이쁜 것으로 바꿔 입으세요."
> 아무래도 내 생각이 짧았나 보다.
>
> 〈1995년 11. 어느 날의 일기 중에서〉

세월이 흘러 삼남매 자녀들은 장성해 결혼을 해서 가정을 꾸리고 있다. 모두 자신이 추구하는 삶의 방식대로 부모의 길을 걷고 있다. 그런 모습에서 늘 '행복'을 찾는다는 정영수 부부. 남편은 수필가로, 아내는 시인으로 자신만의 삶을 열어가고 있다. 이재현 CJ그룹 회장이 정영수 부부에게 "세 자녀가 건강하고 자신이 맡고 있는 분야에서 누구에게나 능력을 인정받고 있는 모습이 너무 아름답다"며 "사돈어른들 또한 나이가 들어서도 시를 쓰고 음악을 들으며 인생을 즐기고 있는 삶이 부럽다"는 소회를 밝혔다고 한다.

장학금은 누군가의 미래를 열어주는 열쇠

'좋은 사람이 좋은 세상을 만든다'라는 말이 있다. 그렇다면 좋은 사람이란 그저 주어지는 것일까. 헬렌 켈러는 보지도, 듣지도, 말도 못하는 3중 장애아로 태어났다. 하지만 스승인 앤 설리번을 만난 것이 계기가 되어 장애를 극복하고 좋은 세상을 만드는데 훌륭한 업적을 남겼다. 이렇듯 인생에 있어서 누구를 만나느냐에 따라 미래가 결정되는 경우가 적지 않다. 오바마 전 미국 대통령의 뒤에도 위대한 어머니가 있었고 스티브 잡스나 빌 게이츠도 좋은 어머니를 만나 위대한 역사를 만들었다. 모두가 남다른 '인연'으로 맺어져 세상을 바꾸는데 크게 기여했던 것이다. 피천득 선생은 '인연'이라는 수필을 통해 이런 말을 남겼다.

"예전을 추억하지 못하는 사람은 그의 생애가 찬란하였다 하더라도 감추어 둔 보물의 세목(細目)과 장소를 잊어버린 사람과 같다. 그리고 기계와 같이 하루하루를 살아온 사람은 그가 팔순을 살았다 하더라도 단명한 사람이다. 우리가 제한된 생리적 수명을 가지고 오래 살고 부유하게 사는 방법은 아름다운 인연을 많이 맺으며, 나날이 작고

착한 일을 하고, 때로 살아온 자기 과거를 다시 사는데 있는가 한다."

정 고문은 "친구는 내 슬픔을 등에 지고 가는 존재라는 말이 있다"며 "새로운 인연을 맺을 때는 상대의 의견과 생활방식을 존중하되, 함부로 그 인생에 개입해서는 안된다"고 강조했다. 진정한 친구를 얻고 싶다면 자신의 귀와 눈을 활짝 열고, 상대에게 진실한 관심과 애정을 먼저 표현하라는 그의 주문이다.

정영수 고문의 호(號)가 연당(延堂)이다. 이을 연(延)에 마당 당(堂)을 쓴다. 15~16년 전 성균관대 교수로 재직 중이던 친구가 지어준 호다. '꽃'이 그의 '운명'이나 다름없었듯이 '마당'이라는 의미도 색다르게 다가온다. 마당은 인연을 만들고 소통하는 공간이자 민초들의 애환이 묻어나는 곳. 뒤돌아보면 어린 시절, 정 고문은 동네에 잔치라도 열리면 주인은 여지없이 마당에다 멍석을 깔아놓고 식사를 대접하거나 윷놀이하는 어른들의 모습을 보고 자라지 않았던가. 이런 모습을 보고 자란 정 고문은 선배든 후배든 가리지 않고 세상을 살면서 가장 소중한 것이 사람들과의 '인연'이라고 강조하며 스스로 늘 고향집 마당과 멍석의 역할을 자처한다.

"아무리 세상이 바뀌어도 인간은 인간과 더불어 사는 법입니다. 누군가를 진심과 사랑과 겸손으로 대하면 인연이 만들어지고, 그 인연은 필연으로 승화되기 마련이지요."

〈'70찻잔' 中/정영수 저〉

2017년 출판기념회에서 정영수는 "지난 과거는 회상할 수 있어도 돌이킬 수는 없다고 한다"며 "돌이켜보면 잘못한 일이 너무 많아서 앞으로 남은 여생동안 사랑하고 희생하면서 봉사하고 배려하면서 살겠다"고 자신을 낮췄다. 특히 차세대에 대한 그의 관심은 마침표가 없다. 그는 "장학금은 그냥 '돈'이 아니라, 누군가의 미래를 열어주는 '열쇠'이고, 누군가의 절망을 희망으로 바꾸는 마술"이라며 "차세대 장학사업에 여생을 바치겠다"고 입버릇처럼 강조해 왔다. 그러던 터에 2012년 3개월 동안 발품을 팔아서 10여 명의 발기인들을 모아 '싱가포르 한국장학회'를 설립했다. 그 해 6월 25일 그는 싱가포르 정부로부터 장학회가 정식으로 허가가 나자 이런 소회를 남겼다.

"일생의 꿈이 이루어졌다는 기쁨, 이제 어려운 학생들을 내 손으로 도울 수 있다는 뿌듯함에 가슴이 터질 듯이 기뻤습니다. 내가 누군가의 작은 바람막이라도 되어 줄 수 있다는 것, 비단 내 아이들의 아버지만이 아니라, 누군가의 아버지 역할도 할 수 있다는 것. 그 사실이 내겐 너무도 큰 기쁨이자, 은혜요 감사였던 것입니다."

〈'밖으로 밖으로, 신나는 인생' 中/정영수 저〉

정 고문은 장학회를 설립하고 이듬해인 2013년 첫 장학생을 선발했다. 이 소식을 듣고 뜻밖의 인사가 장학회를 방문했다. 싱가포르에서 '토담골'이라는 한식당을 운영하고 있는 자매가 싱가포르 달러 1만 달러를 기부하고 돌아간 것이다. 정 고문은 "이 돈은 자매가 타국에서 흘린 피와 땀의 결정체였다"며 "네가 꽃 피고 나도 꽃 피면 결국 풀밭이 온통 꽃밭이 되는 것 아니겠느냐"는 조동화의 시 구절을 되새기면서 힘을 낼 수 있었다고 회고한다. 그는 지금, 장학금의 지원 범위를 베트남과 미얀마 등 동남아시아로 넓히고 있다. '세상은 하나'라는 공동 선(善)의 구현이 목표라고 한다. 이런 가운데 지난해 연말 글로벌한상드림장학재단 이사장에 취임했다. 2016년 차세대 한민족 인재육성을 위해 재외동포 한상들이 자발적으로 설립한 사회공헌재단이다. 정 고문도 1억원을 기부하면서 현재까지 10억원 가량을 모금했다. 향후 100억원 모금을 목표로 하고 있다. 그는 최근 한상리딩CEO 포럼 의장에 선출되기도 했다.

노년의 샘

어린 시절, 또래에 비해 유난히 호기심 많고 배움에 남다른 열정을 가졌던 정 고문은 늘 영어공부에 대한 목마름이 있었다. 해외주재원 생활을 하면서부터 영어가 일상이었지만 영어실력이 좀처럼 늘지 않아 고민이 많았다. 미국의 대학에서 저명한 교수의 강의를 마음껏 듣고 싶었지만 그럴만한 시간과 경제적인 여유가 없었다. 더군다나 아들이 미국에서 유학생활을 하던 터여서 배움의 갈증은 누그러들지 않았다. 궁하면 통한다고 했던가. 사업이 안정궤도에 오르면서 그는 결단을 내렸다. 더이상 늦으면 평생 후회할지도 모른다는 생각에 미국의

UCLA대학 Extension Courses에 등록했다. 그의 나이 70세를 넘겼으나 호기심과 열정은 나이와 별개였다. 그는 월요일부터 목요일까지 4과목을 하루에 한 과목씩 들으면서 어린 시절부터 꿈꾸었던 호기심이라는 양식을 가슴속에 하나둘 쌓아갔다. 60세가 넘어 보이는 나이 지긋한 동료들이 자유롭게 토론하며 공부하는 모습을 보면서 미국의 선진 교육열과 교육시스템을 간접 체험하는 소중한 기회로 만들었다. 그는 짧은 학창시절이지만 "내 일생의 꿈이 이뤄지는 기쁨과 환희로 하루하루가 가슴 벅차고 행복했던 시간들이었다"고 회상했다. 특히 오랜만에 학창시절로 돌아간 듯 순수한 마음으로 강의를 들은 것 자체가 힐링이기도 했다는 설명이다. 자신의 유학경험에 대한 수기 〈노년의 샘〉을 월간문학(2017. 7월호)에 기고했는데 뜻밖에 수필가로 등단하는 선물까지 받았다. 그는 〈노년의 샘〉에서 "인생이란 배움이라는 숲 길을 걷는 것과 같다"며 "배움은 사람과 동물을 구분 짓는 잣대이자, 사람을 가장 풍요롭고 고귀하게 만드는 영혼의 양식"이라고 했다. 아

니 삶 자체가 배움일지도 모른다고 했다.

그는 "우리는 작은 꽃 한 송이로부터도 생명의 고귀함과 신비로움을 배우며, 떨어지는 낙엽에서도 경이로운 조화와 자연의 대한 감사함을 배운다"며 "배움의 목적은 인간에 대한 연민과 용서여야 하며, 배움의 궁극은 참된 이타심으로 가슴에서 피어 올리는 '사랑의 꽃'이어야 한다"는 말로 아름다운 노년의 삶을 이어가고 있다. 다음은 정영수 고문이 지난달 말 본지에 보내온 〈칼럼〉이다.

특별기고
세계 1등 한국산 제품, 왜 일본에만 없을까?

며칠 전 후배에게서 이민진 작가의 〈파친코〉라는 책을 소개받았다. 요즘 들어 노안이 심해 방 건너편 벽장 시계도 보지 못할 정도여서 책 읽는 것을 멀리하는 편이었다. 그런데 카톡으로 보내준 후배의 책과 작가에 대한 설명을 듣고는 이 책에 호기심이 생겼다.

그런데다가 우리 큰딸애가 1년 6개월 전에 싱가포르에서 이민진씨를 만난 적이 있었는데, 비록 한국말은 못하지만 미국에서는 이미 알려진 유능한 작가라는 설명에, 나는 곧바로 서울에 연락해서 2권으로 된 〈파친코〉를 구매한 뒤 단숨에 쉬지 않고 다 읽었다.

이 책은 동포 1.5세인 이민진씨가 미국에서 영어로 먼저 발표한 것을 한국어로 번역한 것이다. 작가는 무려 30년에 걸쳐 이 책을 썼으니 그녀의 인생도 고스란히 들어있는 역작이라 할 수 있다.

이 글은 1910년부터 1989년까지 4세대에 걸쳐 '디아스포라' 속에 살아가는 한국계 일본 동포의 생활상을 담담하게 그러나 치열한 심정으로 그린 책이다. 자의반 타의반으로 일제강점기에 일본으로 건너간 조선인 4대에 걸친 리얼하고 파란만장한 역정이 고스란히 담겨 있는 〈파친코〉는 다름 아닌 바로 우리들의 이야기였다.

조선인들은 일본인들에게 극심한 차별을 받으며 살았다. 아이들은 차별을 넘어 폭력을 당하기 일쑤였다. 제대로 공부조차 할 수 없었던 조선인들은 어쩔 수 없이 일본인들이 기피하는 험한 일들만 해야 했다. 그래서 더욱 심한 괄시를 받을 수밖에 없었다. 일부 사람들은 조선인이라는 사실을 철저히 숨기고 일본인으로 위장하여 살거나, 장사를 하여 부를 이루는 경우도 있었지만, 대개는 사회에서 철저하게 소외당하며 가난한 삶을 짐승처럼 살 수밖에 없었다. 이 책에는 1900년대 초창기의 우리나라 사회상이 자세히 나와 있어 조선말 우리의 경제사정이 얼마나 열악하고 비참하였는지 잘 알 수 있었다. 그리고 1910년 한일합방, 1930년 세계전쟁, 1945년 일본 항복, 1950년 한국전쟁 이후의 재일동포의 삶이 얼마나 힘들고 처참했는지 글을 읽는 내내 가슴이 뻐근하고 코끝이 찡해왔다. 그야말로 그들의 삶 자체가 소설이었다. 주인공 '선자'는 부산 영도에서 어머니가 하는 하숙집을 도와주다 예기치 못한 결혼으로 일본으로 이주한 뒤 파란만장한 삶을 살게 된다. 선자는 한글뿐 아니라 일본에 가서도 일본말을 할 줄 몰랐다. 오직 온몸이 부셔져라 일만 할 줄 알았다. 그러나 선자는 말도 안 통하는 그 어려운 상황에서도 아들들을 훌륭하게 키우고 큰아들은 와세다대학까지 졸업시켰다. 그러나 한국인이라는 차별과 냉대 때문에 끝내 직장을 구할 수 없었다.

이들은 어쩔 수 없이 '파친코'라는 특수한 일을 하며 살아가게 된다. 조선인이 대부분인 파친코 사업에서는 조선인이라고 차별받지 않는 유일한 직업군이었다. 그러나 일본인들은 파친코 사업가들을 그저 폭력배나 야쿠자로 치부해서, 아무리 불철주야 열심히 일을 하여 부자가 되었어도 깡패 정도의 취급밖에 받지 못했다. 비록 부는 이루었어도 사회적으로 걸맞은 대우는커녕 결혼조차 정상적으로 하기 힘든 상황에서 끝끝내 숨막히는 인종차별을 받는 동포들의 삶은 아무리 노력해도 슬프고 비참하기 짝이 없었다.

그러나 이토록 불평등하고 불확실한 삶의 고비 고비를 온몸으로 넘기면서도, 자신의 뿌리인 모국을 잊지 않고 고국의 규범과 관습을 지키며 희망을 잃지 않는 이들의 모습을 보며 나는 속으로 눈물이 멈추지 않았다.

출판 3년이나 지난 이제라도 이 소설을 읽게 된 것이 다행이고 행운이라고 생각한다. 왜냐하면 지난 시대뿐 아니라 바로 지금 우리 동포들의 현실을 다시 한 번 냉철하게 돌아볼 기회가 되었기 때문이다.

현재 일본 땅에서 태어나 일본말을 모국어로 사용하며 세금도 내는 재일동포는 50여만 명도 넘는다. 그러나 아직도 재일동포가 합당한 대우를 받지 못하는 현실을 생각하면 안타깝기 이를 데 없다. 이민진 작가가 쓴 일본 동포의 삶은 한마디로 짐승과 같은 차별의 삶이었다. 그렇다면 지금은 어떠한가. 바로 2년 전에 나는 일본을 방문했었다. 그때 돌아와서 당시 일본에서 보고 느낀 충격을 지인들과 나누며 개탄한 적이 있었다.

나는 일본에 머물면서 필요한 물건을 구입하기 위해 전기·전자 백화점을 방문했었다. 그런데 놀랍게도 수만 종류의 세계 각국 제품 중에서 오직 한국제품 만은 눈에 보이지 않았다.

세계 판매 1등을 하고 있는 핸드폰과 TV 등은 당연히 있을 줄 알고 찾아보았지만 미국, 유럽, 중국 제품들은 다 진열되어 있어도 우리 한국제품 만은 끝내 보이지 않았다. 그뿐인가. 세계 어디를 가도 볼 수 있는 한국차가 일본 땅에서는 내 눈에는 한 대도 띄지 않아 놀라움을 금치 못했다. 아직까지도 이렇게 한국에 대한 일본인들의 극악한 편견에 놀라움을 넘어 기함할 수밖에 없었다. 그런데 반대로 한국 땅에 돌아다니는 그 많은 일본차를 생각하니 우리가 얼마나 지난 치욕을 쉽게 잊어버리는지 한심하여 실소를 금할 수가 없었다.

이 모든 문제의 중심에 나는 위정자들이 있다고 생각한다. 이 책을 읽고 나니 이러한 문제를 아직도 해결하지 못하는 양국의 위정자들에게 더욱 일침을 놓고 싶다. 권력에 아부하며 호가호위하는 정치인들과 지식인들을 비롯하여 문인과 언론인, 교육자들도 똑바로 된 역사인식을 가지고 통렬히 반성하며 국민들께 사죄하여야 할 것이다.

다행히 나는 홍콩과 싱가포르에서 45년을 살면서 차별보다는 한국인의 근면성과 위상으로 부러움의 대상이 되어 존경을 받으며 살아왔다. 그러나 전 세계 곳곳에서 아직도 편견과 불평등과 냉대를 받으면서 사는 수많은 동포들은 어찌할 것인가. 그리고 그 자녀들의 인생은 또 어찌할 것인가, 이런 생각을 하면 가슴이 무거워진다. 비록 일본처럼 심한 인종차별은 아닐

지라도, 다들 아는 바와 같이 우리의 자녀들이 생활하는 서양과 유럽에서도 눈에 보이지 않는 인종차별은 여전히 자행되고 있다.

우리 아이들이 안전하고 행복하게 살기 위해선 우리나라가 부강해야 한다. 우리나라가 부강하고 존경받는 일류국가가 되어야 만이 우리의 후손들이 다시는 이런 수모를 당하지 않게 될 것이다. 현재 우리나라의 경제와 스포츠, 예술 등은 세계적인 수준이지만, 안타깝게도 위정자들의 지도력은 그렇지 않아서 미래가 나아질 것 같지 않아 암담하기만 하다. 그러므로 국민들은 위정자들을 똑바로 선택해야 한다. 국민 한 사람 한 사람의 선택이 이 나라의 미래가 되고, 전 세계에 있는 우리 후손들의 미래가 되기 때문이다.

더불어 해외에 사는 우리 동포들도 마인드와 철학을 글로벌하게 바꿔야 한다. 어느 나라에 살든 그 나라의 정치와 문화 등 그들의 기득권을 인정하고, 그 사회에 동화되는 것을 넘어 그 사회의 리더가 되어야 한다. 그래야만 보람 있고 의미 있는 해외생활을 영위한다 할 수 있을 것이다. 그렇게 우리의 정체성을 잃지 말고 정직을 바탕으로 노력하고 모범과 질서를 지킬 때 이민생활의 냉대와 차별은 극복될 수 있으며, 해외동포로서의 긍지와 자존심을 대대손손 자손들에게 위대한 유산으로 남겨 줄 수 있을 것이다.

글: 정영수 수필가(CJ그룹 글로벌경영 고문)

"다음 세대에 재산을 물려주는 것은 인생의 하(下)이며, 사업을 물려주는 것은 중(中)이고, 사람을 남기는 것은 상(上)으로 최고의 인생이라고 할 수 있습니다."

신경호 日고쿠시칸대 교수

〈약력〉

- 일본대학 대학원 졸업
  (국제관계학 박사/2004)
- 일본대학 법학부 정치경제학과 졸업
  (1988)
- 일본대학 한국유학생회 회장(1985)
- 한국일본근대학회 회장(2012)
- (재)수림문화재단 상임이사(2009)
- 주일한국문화원 (사)세종학당
  학장·이사장(2009)
- 고쿠시칸대 21세기 아시아학과 정교수
  (2007)
- 가나이(金井)학원 이사장 겸 교장(2003)

〈수상경력〉

- 장보고 어워드 문화체육관광부 장관상
  (2019)
- 제569돌 한국발전유공자 국무총리
  표창(2015)
- 한일문화대상(2011)

신경호 日고쿠시칸대 교수

시대의 거인 김희수를 만나다

(故) 김희수 전 중앙대 이사장

시대의 거인 김희수를 만나다

'공수래공수거'의 삶 실천한 김희수

철새 한 마리가 날개를 펴고 하늘을 향해 힘차게 비상을 한다. 현해탄을 건너야 하는 여정이 무섭고 두려웠지만 조국을 향한 그리움에 용기를 냈다. 뼛속은 모조리 비웠다. 몸집이 가벼워야 하늘을 날 수 있으니까. 현해탄 첫 비행에 나선 지 50년 만에 꿈에도 그리던 조국으로 돌아와 둥지를 틀었다. 배움과 가난, 망국의 한(恨)을 극복하기 위해 도쿄에서 피똥을 싸며 돈을 벌어 모국에 투자했다. 그의 나이 60대 중반을 넘기고 있었을 때다. 하지만 조국은 그에게 모진 고통을 안겼다. 그로 인해 한쪽 날개가 꺾였으나 다행히 다시 날 수가 있었다. 죽는 날까지 한 톨의 재산도 남기지 않고 수림문화재단에 모조리 기부한 뒤 파란만장한 일생을 마감한 김희수 전 중앙대 이사장. 그의 한쪽 날개가 돼 준 사람은 한때 중앙대 후계자였던 신경호 일본 고쿠시칸대(國士館大) 교수다. 신 교수가 바로 김희수의 한쪽 날개가 되어 다시 현해탄을 넘나들고 있다. 2012년 영면에 들어간 김 이사장은 한 평도 되지 않는 도쿄 외곽의 도립 하치오우지 영원(八王子靈園)으로 돌아갔다. 그야말로 공수래공수거(空手來空手去)의 삶을 실천한 시대의 스승이었다. 신 교수는 일본으로 유학을 떠나 동경유학생회 활동을 하다가 김희수 이사장을 만나 30여 년간 동고동락 했다.

하늘을 나는 철새는 두 날개가 완벽하게 균형을 이루어야 창공을 가를 수 있는 법. 김희수 이사장과 신경호 교수는 각각 철새의 한쪽 날개가 되어 자그마치 28년 동안 생사고락을 함께 한 동지이자 교육자였다. 김 이사장의 고향은 경남 마산, 신 교수의 고향은 전남 고흥이다. 얼핏 물과 기름으로 보이기도 한다. 그러나 이들의 행적을 꼼꼼히 살펴보면 한결같이 인간애와 민족애가 뼛속까지 차 있다. 둘은 바다가 가까운 곳에서 어린 시절을 보냈다. 지평선 너머에서 해가 뜨고 지는 모습을 보면서 무한한 상상과 꿈을 키우며 자랐다. 도쿄에서 운명처럼 만난 이들은 영남과 호남이라는 두 날개로 현해탄을 수없이 넘나들었던 실과 바늘이었다.

신 교수는 1980년 5·18광주민주화운동의 거센 파고가 계속될 무렵 평소 의협심이 강했던 동생의 신변을 우려한 형님의 강권에 의해 일본으로 불려 들어갔다. 이때가 1983년이다. 당초 그의 꿈은 저널리스트였다. 하지만 일본으로 건너간 뒤 진로를 바꿨다. 그는 니혼대(日本大)대에서 정치학을 전공하고 국제관계학으로 박사 학위를 받아 한국인으로서 보기 드물게 고쿠시칸대(國士館) 21세기 학부에서 정교수로 재직하고 있다. 지난 2002년 고쿠시칸대에 '한국어 강좌'를 개설하는 등 한글 세계화에 산파역할을 했다. 지금까지 2만명이 넘는 일본 학생들이 한국어를 배웠다. 1983년 도쿄에서 신 교수는 재일유학생단체 활동을 하다가 김희수 이사장과 운명적인 조우를 하게 된다. 당시 신 교수는 롯데그룹 신격호 회장의 눈에 띄어 각별한 관계를 유지하고 있었지만 김 이사장에게 마음을 빼앗겼다. 김 이사장의 남다른 조국사랑과 유학생에 대한 기대 때문이었다. 신 교수의 회고다.

"이사장님은 다락방이나 다름없는 조그마한 사무실을 사용하고 계셨습니다. 재일유학생들에게 늘 망국의 한(恨)을 극복하기 위해 배워야 한다고 말씀하시면서 통 큰 후원을 해주셨어요. 특히 사람을 대하는 애정과 깊이가 남달랐습니다."

김희수 이사장의 꿈은 어린 시절부터 '사람을 남기는 일'이라고 입버릇처럼 말하곤 했다. 나라를 빼앗긴 설움을 몸서리치게 겪었기 때문이다. 우여곡절 끝에 부모님을 따라 열네 살에 도쿄로 넘어간 그는 그야말로 피와 땀으로 기업을 일구었다. 한때 자산이 30조원에 육박하기도 했다. 재일동포 기업가인 손정의나 신격호가 부럽지 않을 만큼 재벌의 반열에 오른 뒤 그는 조국에서 교육 사업에 대한 꿈을 그리기 시작했다. 그러나 한국의 사정이 여의치 않았다. 각종 인허가가 발목을 잡고 있었기 때문이다. 그래서 1986년 차선책으로 도쿄 고토

구 오오지마에 학교 부지를 매입했다. 신 교수가 일본으로 건너간 지 3년여 쯤이었다. 이때부터 신 교수는 자신의 공부마저 뒷전으로 미루고 김 이사장의 손과 발이 돼 각종 허드렛일까지 도맡았다. 2년간 준비 끝에 1988년 1월 수림외어전문학교가 문을 열었다. 김희수의 수(秀)와 그의 아내인 이재림 여사의 림(林)을 따와 '수림'이라는 간판을 내걸었다. 학교법인 금정학원의 수림외어전문학교는 2년제 대학으로 한국어, 일어, 영어, 중국어를 가르치는 4개 학과를 개설하고 정원 320명을 뽑아 개교했다. 한 해 앞선 1987년 김 이사장이 중앙대를 인수하면서 한일 양국에서 동시에 교육 사업을 하게 된다.

중앙대를 인수하다

때는 1987년. 한국의 대학가는 화염병에 휩싸였고 최루탄 가스로 숨조차 쉴 수가 없었다. 당시 집권 여당은 정권 연장을 위한 4.13호헌 조치를 발표했고 국민적 저항이 하늘을 치솟고도 남았다. 그래서 전두환 정권은 국민을 어르며 버티다가 결국 6.29선언을 통해 국민 앞에 항복을 선언했다. 한국 민주주의의 새로운 이정표가 세워지는 순간이었다. 이런 와중에 60대 재일동포 사업가인 김 이사장이 교육 사업을 하겠다고 뛰어들자 모두 제정신이냐고 되물었다.

당시 중앙대는 이미 재정악화로 인해 부도직전으로 몰리는 등 식물대학으로 추락하고 있었다. 이를 견디다 못한 중앙대 설립자 가족이 수차례에 걸쳐 도쿄까지 찾아와서 김 이사장에게 중앙대 인수를 읍소했다. 며칠 간 장고에 들어간 김 이사장은 1987년 9월 12일 중앙대를 전격 인수한다. 고향을 떠난 지 50년 만에 조국으로 돌아와 인재양성에 열정을 보탠다는 것 하나만으로도 그의 가슴은 뛰고 벅찼다. 학원가의 시위쯤이야 잠시 스치는 바람이라 여겼다. 김 이사장이 중앙대를 인수하면서 남긴 말이다.

> "다음 세대에 재산을 물려주는 것은 인생의 하(下)이며, 사업을 물려주는 것은 중(中)이고, 사람을 남기는 것은 상(上)으로 최고의 인생이라고 할 수 있습니다."

당시 중앙대 부채는 713억원. 1년 예산이 200억원에 불과하던 시절이다. 그는 그간 모아둔 현금을 비롯해 일본의 땅과 빌딩을 담보로 대출을 받아 중앙대 빚을 모조리 갚았다. 또한 기숙사도 새로 짓고 도서관을 넓힌데 이어 학생회관 및 전산센터·예술대학을 증축하는 등 혼신의 힘을 다했다. 교수와 교직원들에게 월급을 올려주는 등 사기진작에도 힘을 썼다.

그러나 당초 기대와 달리 학내 시위는 좀처럼 누그러들지 않았다. 어느 순간, 거대한 빌딩을 삼키고 남을 만큼의 토네이도급 강풍이 몰아쳤다. 눈만 뜨면 학생들은 "일본으로 돌아가 돈을 가져오라"고 아우성쳤다. 여기에 교직원들까지 가세했다. 전임 이사장 측근들도 "학교를 빼앗겼다"며 그를 궁지로 몰아세우는 등 검은 속내를 드러냈다.

이때까지만 해도 김 이사장은 전직 이사장측이 개입되리라곤 꿈에도 생각지 못했다. 이런 학내 분위기는 해가 바뀌어도 변하기는 커녕 오히려 그 골은 깊어갔다. 급기야 시위대는 총장실과 이사장실의 책상까지 빼버렸다. 이어서 시위대는 김 이사장을 일본 국세청에 고발하는 사태로 이어진다. 그럼에도 김 이사장은 10여 년간 수천억원을 중앙대에 쏟아 부었다.

수렁에 빠진 수림외어전문학교

중앙대를 인수한 지 10여 년이 흘렀다. 일본 경제도 버블이 본격화되면서 모든 부동산을 블랙홀처럼 빨아들였다. 대출금리가 하루아침에 천정부지로 치솟았고 그로 인해 이자 감당도 못하는 극한 상황으로 내몰렸다. 엎친 데 덮친 격으로 한국에서는 IMF 외환위기라는 복병이 터졌다. 그럼에도 김 이사장은 곶감 빼먹듯이 일본의 자산을 처분해 중앙대에 투입했다. 그러던 터에 일본 정부는 김 이사장이 "국부유출을 했다"며 감시망을 좁혀오는 등 불길한 징조가 싹트기 시작했다. 그야말로 진퇴양난이었다. 이런 가운데 중앙대의 젖줄 역할을 하던 금정상호신용금고에서 500억원대의 부당대출과 횡령사고가 터지면서 김 이사장은 결정타를 맞았다. 뭐 하나 제대로 되는 게 없었다. 신 교수는 김 이사장이 한국에서 일본으로 돌아오는 날 매번 공항에 마중을 나갔다. 언젠가부터 김 이사장에게서 와인냄새가 났다.

평소 와인을 입에 댄 적이 없던 이사장이 아닌가. 신 교수는 김 이사장에게 "무슨 일이 있느냐고 여쭈었지만 대답은 하지 않고 한숨만 푹푹 쉬고 계셔서 너무 답답했다"고 회고한다.

중앙대 인수 이듬해 개교한 일본의 수림외어전문학교도 수렁으로 빠져들었다. 일본에 유학중인 학생들이 대거 보따리를 싸고 한국과 중국 등지로 귀국해버렸기 때문이다. 남은 유학생은 20여 명 남짓. 신 교수는 돌파구를 찾기 위해 중앙대를 찾아갔다. 당시 실세로 군림하던 박범훈 중앙대 처장과 김희수 이사장을 만나 일본수림외어전문학교 정상화를 위해 머리를 맞댔다. 하지만 박 처장은 시큰둥했다. 오히려 수림외어전문학교를 비롯해 김희수의 모든 재산을 처분해 한국으로 돌아올 것을 강력하게 주장하는 등 생떼를 썼다. 그러나 일본 내 그의 재산은 이미 바닥을 드러낸 상태였다.

신 교수는 "학교설립 당시 땅 매입대금과 임직원 퇴직금을 지급하려면 3억5000만엔(한화 35억원)을 내야 하는데 그럴 만한 돈이 없다"며 "수림외어전문학교를 폐교하는 것만이 능사가 아니다"고 맞섰다. 특히 수림외어전문학교는 김 이사장의 정체성이며 재일동포 사회에 미칠 영향 등을 종합적으로 고려해야 한다고 주장했다. 이 자리에서 신 교수는 2+2 캠퍼스를 제안했다.

"중앙대 흑석동 캠퍼스에는 일문학과가 있고, 안성캠퍼스에는 일본어학과가 있습니다. 이곳 학생들에게 2년간은 중앙대에서 공부하게 하고 나머지 2년은 일본 수림외어전문학교에 위성 캠퍼스를 열어 공부를 하게 하면 수림외어전문학교는 다시 재기할 수 있습니다. 현재 일본의 대학들은 미국 등지에 위성 캠퍼스를 열어 글로벌 시대를 주도하고 있지 않습니까."

신 교수의 제안에 김 이사장도 고개를 끄덕였다. 하지만 박 처장은 "생각은 좋으나 인허가 등의 문제가 있을 수 있으니 검토는 해보겠다"며 미지근한 반응을 보였다. 도쿄로 돌아간 신 교수는 박 처장의 처분을 기다렸지만 끝내 소식은 들려오지 않았다. 다급한 신 교수가 박 처장에게 전화를 걸자 대뜸 "신 선생! 왜 당신은 이사장을 꼬드겨 일을 만들려고 하십니까. 교육부가 글로벌 캠퍼스를 허가하겠습니까"라고 몰아세웠다. 당시 한국사정에 어두운 김 이사장을 수중에 넣고 허수아비로 만들겠다는 박 처장의 심산이 아닌가 하는 의심이 들 정도였다. 다급한 신 교수는 통역 한 명 만을 대동한 채 중국으로 넘어갔다.

사람은 뒷모습이 아름다워야

신 교수는 길림성, 흑룡강성, 요녕성 등 조선족 자치주를 비롯해 중국의 오지까지 샅샅이 뒤지고 다니며 유학생들을 모집했다. 하물며 베트남의 호치민과 하노이까지 쫓아다녔다. 이 과정에서 신 교수는 세 번에 걸쳐 대상포진에 걸리는 등 죽을 고비를 넘기기도 했지만 신은 그를 외면하지 않았다. 재기불능의 수림외어전문학교가 부활하기 시작했다. 발로 뛰어다닌 지 3년 만에 700여 명의 정원을 채웠다. 신 교수의 용기와 집요함이 돋보이는 대목이다. 이때부터 학교 빚도 갚아가면서 김 이사장에게 용돈을 쥐어줄 수 있는 상황으로 반전됐다. 그야말로 땀과 눈물의 결정체였다. 당시 신 교수는 고쿠시칸대 부교수로 재직하고 있었다. 평소에도 '누구든 뒷모습이 아름다워야 한다'는 것이 그의 소신이었다. 그러던 어느 날 그는 김 이사장을 찾아갔다.

"이사장님! 이제 학교도 정상화 됐으니 저는 떠나겠습니다. 고쿠시칸대에서 1년을 못 버틸 수도 있지만 만약 거기서 살아남는다면 서울에 가서 강의를 할 수 있지 않겠습니까. 이사장님께서 저를 크게 쓰시겠다고 하셨으니 보내 주십시오."

김 이사장은 "자네가 백방으로 노력한 결과, 학교도 정상궤도에 올라가는데 무슨 이야기인가"라며 "신 군이 없으면 이 학교의 미래는 어느 누구도 장담할 수 없는 상태로 추락할 수 있다"고 버럭 화를 냈다. 결국 신 교수는 수림외어전문학교 안방살림까지 떠맡아야 했다. 이때부터 본격적으로 학교경영을 주도해 나간 신 교수는 2001년 기숙사가 딸린 수림일본어학교를 성공적으로 설립해 안정 기반을 닦으면서 경영자로서도 능력을 인정받게 된다.

2005년 신 교수는 수림외어전문학교와 수림일본어학교를 총괄하는 금정학원 이사장과 학교장으로 공식 등극한다. 이쯤에서 신 교수는 한일 양국에서 김 이사장의 유업을 계승할 유일한 후계자로 선택된다. 이때까지 신 교수의 신변에 이상 징후는 보이지 않았다.

그는 이사장에 취임하자마자 모든 예산을 공개했다. 김 이사장이 "괜찮겠나"라고 물을 때 "이사장님! 겁나는 게 있습니까. 버려야 비로소 얻을 수 있지 않겠습니까"라고 대답했다.

김 이사장은 "니 학교니까 니 알아서 해라"하고 대답했다. IMF 당시 수림외어전문학교를 폐교하려면 3억5000만엔을 내놓아야 했지만 신 교수가 학교를 살려 내면서 모든 빚을 갚은 공로였다. 이로써 신용불량자나 다름없었던 김 이사장의 어깨도 한층 가벼워졌다. 당시 김 이사장의 가족들마저 김 이사장에게 등을 돌리고 있었다. 신용불량의 딱지가 자신들에게 미칠 것을 우려했기 때문이다. 올해 수림외어전문학교가 설립된 지 33주년이 되는 해다.

최근 들어 급변하는 국제정세와 코로나사태 등으로 금정학원에 적지 않은 위기가 찾아왔다. 하지만 신 교수는 시대의 변화를 감지하는 동물적인 감각을 통해 위기를 극복, 아시아 언어교육의 명문으로 수많은 글로벌인재를 배출하고 있다.

중앙대 경영에서 손을 떼다

중앙대 인수 21년째. 김희수 이사장은 더 이상 버틸 재간이 없었다. 그의 나이도 어느 덧 80대 중반, 숨소리도 예전 같지 않고 점점 거칠어져 갔다. 그는 결국, 2007년 극비리에 중앙대를 이끌어 갈 후보 물색에 들어간다. 조건은 '중앙대를 세계적인 대학으로 키울 수 있는 능력과 무엇보다 교육에 대한 분명한 의지가 있어야 한다'는 것이 전부였다. 당시 부채가 제로인 학교를 넘겨야겠다고 생각한 것은 중앙대 인수 당시 교직원들 앞에서 "중앙대를 글로벌 대학으로 키우겠다"는 약속을 했기 때문이었다. 당시 김 이사장은 "다시 한 번 생각해 보라"는 아내에게 이렇게 대답했다.

"인간은 누구나 아무것도 가지지 않고 태어났다가 아무것도 가지지 않고 죽습니다. 이런 인생길에서 예외인 사람은 단 한 사람도 없어요. 이것이 인생입니다. 세상 모든 일에는 다 때가 있는 법이오. 이제는 내가 물러날 때가 된 거예요."

그는 자신의 시대는 지났고 세계로 뻗어 나가야 할 대학의 운명을 위해 새로운 리더십과 소명 의식을 가진 사람이 이끌어야 한다고 단호하게 말했다.

때는 2008년 2월 19일. 이명박 전 대통령이 당선자 신분일 때다. 이 전 대통령과 김희수 이사장, 박범훈 전 중앙대 총장 등이 모처에서 만났다. 이 전 대통령이 "제가 오사카에서 태어난 것을 아시죠"라고 너스레를 떨며 "중앙대를 인수할 만한 좋은 분을 소개하겠다"며 김 이사장을 부른 것이다. 4개월 후인 2008년 6월 중앙대는 두산그룹으로 넘어간다. 부채 제로인 대학을 그는 1200억원에 넘겼다. 당시 중앙대 흑석동 캠퍼스와 안성캠퍼스, 대학병원 등 관계사의 자산만도 3조5000억원. 일각에서는 거대 권력 앞에 무너졌다는 이야기가 파다하게 나돌았다. 하지만 그는 끝내 입을 열지 않았다. 이날 이후 건강마저 극도로 나빠졌다. 가슴 깊은 곳에서 치밀어 오르는 울화로 멀쩡한 육신마저 무너지게 되는 비극의 주인공이 되어버린 것이다.

"김희수는 한국 사회와 대학을 너무 모른 채 자신의 진심과 열정만 믿었다. 그러나 한국 사회와 대학은 돈과 인맥으로 움직이는 곳이었다. 그는 이를 빨리 파악하여 한국 내 인맥을 구축하고 우군을 확보했어야 하는데…한국은 된장찌개를 먹고 관사에 머물며 전철을 타고 다니는 진정한 부자를 이해하고 알아줄 만큼 격조와 품위를 갖춘 사회가 아니었다."

〈'배워야 산다' 中/ 유승준 저〉

노치환 코리아투데이 편집장은 2018년 11월 '수림외어전문학교 창립 30주년기념 학술발표회' 강사로 나서 김 이사장을 보좌했던 송(宋) 모 씨의 이야기를 전했다.

"이사장님을 모시고 우연하게 흑석동을 지나고 있었습니다. 대학생들이 캠퍼스를 빠져 나오고 있더군요. 이때 자동차가 교통신호에 걸려 잠시 멈추자 갑자기 이사장님께서 창밖을 향해 '박** 이노옴~ 나쁜 노오옴~'하고 고함을 지르셨어요."

세간의 소문대로 정치적인 압력에 굴복했을까. 어쩌면, 중앙대를 헐값에 넘긴 것이 아니라, 빼앗겼다는 말이 정확할지도 모를 일이다.

당시 이런 일을 주도한 박**씨를 향해 김 이사장은 이렇게 화풀이를 한 게 전부다. 살아생전 단 한 번도 남을 탓하거나 욕한 적을 본 적이 없었다는 이야기를 감안할 때 이때의 충격은 짐작이 가고도 남는다. 언젠가 김희수 이사장은 "내가 빨리 신 군(신경호 교수)을 중앙대로 보냈더라면…"하고 아쉬움을 토로했다고 한다. 즉 신 교수를 한국에 보냈더라면 금정그룹과 중앙대를 재벌 반열에 올려놓을 수 있지 않았겠느냐는 뒤늦은 후회였다.

본향으로 돌아가다

김희수 이사장은 중앙대를 넘기고 2년 후인 2010년 뇌경색에 실어증까지 겹쳐 1년 8개월 동안 요양원과 서민병원을 전전하다가 2012년 1월 19일 도쿄의 한 작은 병원에서 향년 88세로 조용히 눈을 감았다. 배움과 가난, 그리고 망국의 한(恨)을 풀어내기 위해 현해탄을 넘나들던 그는 자신의 모든 것을 털어놓고 일본 도쿄 외곽에 있는 도립 하치오지 영원 묘지에 잠들었다. 그가 남긴 1200억원은 모조리 한국의 수림문화재단과 장학재단에 기부됐다. 도쿄의 가족들에게는 단한 푼도 물려주지 않았다. 전 세계 한인들의 숫자가 750만명으로 추산된다. 무려 180여 개 나라에서 한국의 혼을 심고 뿌리를 내리고 있다. 이 가운데 수조 원의 자산을 가진 한상(韓商)들이 부지기수지만 김 이사장처럼 자신의 전 재산을 모국에 기부하고 홀연히 떠난 이는 눈을 씻고 봐도 찾기 어렵다. 그것도 일제로부터 갖은 설움을 딛고 모은 재산을 남김없이 기부한, 그래서 더욱 값지고 빛나는 이유다. 김 이사장은 끝내 중앙대를 세계적인 대학으로 키우지 못하고 도중에 물러났지만 그럼에도 문화 사업을 통해 '사람을 남기겠다'는 그의 열정은 하늘의 별처럼 영롱하게 우리를 비추고 있을 것이다.

최인호씨는 소설 〈상도〉를 펴내면서 "200년 전 실재 인물 임상옥 (1779~1885)은 우리나라에도 상업의 도(道)를 이룬 성인(聖人)이 있다는 자부심을 느끼게 했다"며 "임상옥은 죽기 전에 자신의 재산을 모두 환원한 뒤, '재물은 평등하기가 물과 같고 사람은 바르기가 저울과 같다(財上平如水 人中直似衡/재상평여수 인중직사형)'라는 유언을 남긴 최고의 거상이었다"고 평가한 바 있다. 즉, 평등하며 물과 같은 재물을 독점하려는 어리석은 재산가는 반드시 그 재물에 의해서 비극을 맞을 것이며, 저울과 같이 바르고 정직하지 못한 재산가는 반드시 그 재물에 의해 파멸을 맞을 것이라는 교훈이다. 소설 속에서 임상옥은 "장사란 이익을 남기기보다 사람을 남기기 위한 것이다. 사람이야말로 장사로 얻을 수 있는 최고의 이윤이며, 따라서 신용이야말로 장사로 얻을 수 있는 최대의 자산이다"라며 상업의 도를 제시하고 있다.

거상 임상옥과 김희수는 중국과 일본이라는 외적인 공간에서 부를 축적해 '사람을 남기는 일'을 필생의 업으로 여겼으며 말년에 자신의 모든 재산을 처분해 사회에 환원하고 한 줌의 재로 돌아갔다는 점에서 상당 부분 닮아있다.

2017년 3월의 어느 날, 필자는 도쿄에서 70km가량 떨어진 곳에 김 이사장이 잠들어 있는 도립 하치오우지 영원(八王子靈園)으로 달려갔다. 추운 겨울을 이겨내고 벚꽃의 향기가 묘지를 감싸고 있었다. 사각형의 반듯한 땅 위에 세워진 비석들은 어림잡아 수십만 기 이상 돼 보였다. 입구에서 5분 남짓 거리에 김가(金家)라고 쓰여진 비석이 나타났다. 반 평이 채 되지 않게 보였다. 한때 수조 원을 거머쥔 성공한 재일동포 기업가의 묘비라고는 상상조차 어려웠다. 죽어서도 청빈함과 절제를 보인 진정한 스승이라는 생각이 들었다. 비석 뒷면에는 김 전 이사장의 부모 이름과 출생 및 사망 일자가 나란히 적혀 있고 옆면에는 '一九八七 吉日 金熙秀 建之'라고 쓰여 있었다. 이날 필자를 안내한 신 교수는 꽃 한 다발과 소주 한 병, 그리고 카스테라 빵 한 봉지를 제단에 놓고 무릎을 꿇고 절을 했다. 살아생전 유난히 카스테라 빵을 좋아했다는 그의 비석에 새겨진 '1987'의 의미는 무엇일까.

"이때가 일생에서 가장 행복했던 게 아닐까 싶어요. 꽃이 필 때 미리 가묘를 하고 중앙대를 인수해 세계적인 대학을 만들겠다는 청운의 꿈을 꾸었으니 말입니다."

그는 한국(민물)에서 태어났지만 일본(바다)에서 일생을 보내다가 가장 힘이 넘칠 때 본향(민물)으로 돌아와 산란을 한 뒤 자연(죽음)으로 돌아가는 연어의 삶을 몸소 보여준 시대의 스승이자 거목이었음을 다시 한 번 확인하는 기회가 됐다.

현해탄을 건너다

김희수 이사장은 1924년 6월 19일 경남 창원군 진동면 교동리에서 일곱 남매의 넷째로 태어났지만 할아버지와 할머니의 무릎에서 자랐다. 할아버지가 "몰락한 가문을 일으키기 위해서는 바깥세상을 배워야 한다"며 김희수의 부모님을 일본으로 보냈기 때문이다. 그래서 어린 김희수는 할아버지로부터 말을 배우고 천자문을 익혔으며 어렴풋이나마 자연과 인생, 더 나아가 삶의 이치도 조금씩 배우게 되었다고 한다. 그의 집안은 조상대대로 물려준 토지가 있어 생활에 부족함이 없었지만 1910년 일제의 수탈이 본격화되면서 급격하게 가세가 기울어졌다. 그래서 할아버지는 호랑이를 잡기 위해 자녀들을 호랑이 굴인 일본으로 보냈다. 노치환 편집장은 김희수의 친척이자 친구인 홍인석 향교장을 만나 어렵게 인터뷰를 했다고 한다.

> "우리 집은 대농(大農)은 아니었지만 머슴을 둘 만큼 중농은 되었지. 내 할머니가 김희수 할머니와 자매지간이어서 늘 가난한 친정식구 끼니를 걱정했어. 머슴들에게 종종 '아래동네(김희수 집)에 가봐라. 밥이나 먹고 있는지 하고, 양식을 챙겨 보내곤 했지. 당시 희수네 집은 농사지을 땅도 없고 먹고살기가 막막했기에 입에 풀칠이라도 할 양으로 희수 부모님이 동경으로 간 것이지.
> 그렇지만 일본에서 조선인이 할 수 있는 게 뭐가 있겠어. 고물 주어다 팔

아 모은 돈을 보내주면 그걸로 양식을 사서 끼니를 때울 정도지. 허나 그게 몇 푼이나 되겠어. 양식이 떨어지면 희수네는 마냥 굶어야 했었지. 그러면 희수는 주린 배를 움켜잡고 처마 아래 양지바른 곳에서 웅크리고 앉아 있다가 저 멀리 바다를 바라보곤 했었지. 이역만리 부모를 그리며 굶주림으로 인한 단장의 고통을 참아가며 올올이 새겼을 배고픔의 서러움…먹고 돌아서면 배고플 나이, 고작 희멀건 죽으로 한 끼를 채우다 말고…"

김 이사장은 1933년 고향의 진동공립보통학교에 입학했다. 당시 교사는 일제의 칼을 옆구리에 차고 일본말과 일본의 역사를 주로 가르쳤다. 4학년 때 즈음 그는 한국인 선생님을 만나면서 조국과 민족의 의미가 무엇인지 어렴풋이나마 깨우치게 된다. 한국인 선생님은 칼 대신 자상함과 따뜻함으로 희수를 대했고 우리말과 우리글의 소중함을 일깨워줬다. 그는 또한 나라를 잃고 고생하는 이유를 듣고 자

랐다. 그의 평생 화두였던 '교육'은 어린 시절의 할아버지와 초등학교 선생님의 영향이 가장 크게 미치지 않았을까.

초등학교를 졸업하자마자 곧바로 일본으로 건너간 김희수. 그의 나이 열네 살 때다. 어린 그에게 일본에서의 삶 또한 버겁기는 마찬가지였다. 한참 부모님의 사랑을 받아야 할 때 그는 우유배달과 신문배달, 각종 외판원에 잡일까지 해야 했다. 조센징과 한도징이라는 소리를 들으며 휴학과 복학을 반복하면서 어렵게 대학공부까지 마쳤다. 그야말로 반딧불과 눈빛으로 이룬 형설지공(螢雪之功)의 삶 속에서 '나라가 없으면 국민도 없다'는 사실을 뼛속 깊이 새기며 고단한 청춘을 보낸다.

조국을 등질 수는 없다

1945년 해방이 되었지만 살길은 막막했다. 히로시마에 원자폭탄이 투하되었으니 살아난 것만으로도 행운이었을지도 모를 일이다. 하지만 일본경제는 최악이었다. 김희수 가족들은 한국으로 돌아가자는 의견도 있었지만 돌아간다 해도 달라질 게 없었다. 특히 그의 어머니가 한국행을 거부했다. 자녀들의 공부를 마쳐야 한다는 게 가장 큰 이유였다. 그래서 김희수는 일본에서 살아남기 위해 죽도록 일했다. 때로는 소변에서 피오줌이 섞여 나오기도 했다. 먹고 싶은 것, 입고 싶은 것, 쓰고 싶은 것을 참아가며 돈을 모은 그는 도쿄 시내 한복

판에 금정(金井)양품점을 열었다. 구멍가게 수준이지만 여기서 상당한 돈을 벌었다. 중단했던 학업을 다시 시작했다. 1949년 동경전기대학교에 입학했다.

양품점을 운영하다보니 하루 4시간 이상 잠을 잘 수가 없었다. 그러나 꿈이 있었기에 행복했다. 양품점을 친동생에게 넘기고 잠시 철강업에 뛰어들었다가 마땅치 않아 이 회사를 5000만엔에 매각한 뒤 도쿄 최대의 번화가인 긴자에 땅을 매입했다. 그러나 건물을 올릴만한 돈이 없었다. 게다가 융자도 쉽지 않았다. 철강업처럼 융자가 완전히 차단된 것은 아니지만 여전히 이방인에 대한 차별이 존재하고 있었다. 은행융자를 받을 경우, 일본인은 보증인이 한 명이면 가능했지만 한국인은 여러 명의 보증인을 세우고 담보까지 제공해야 했다. 신발이 닳아질 정도로 은행 문턱을 들락거린 끝에 어렵게 융자를 얻어 금정기업주식회사 1호 건물을 올렸다. 1961년, 그의 나이 37세 때였다.

그렇게 시작한 부동산업은 창립 20주년인 1981년도에 건물이 13채, 창립 25주년인 1991년도에는 23채로 늘어났다. 당시만 해도 신격호·손정의가 부럽지 않은 그야말로 재벌의 반열에 올라섰다. 70년대 두 차례에 걸친 석유파동은 역설적이게 일본경제를 튼튼하게 만들면서 일본의 부동산은 말 그대로 눈만 뜨면 가격이 천정부지로 치솟아 정확하게 그의 자산을 파악하기조차 힘들 정도였다. 도쿄의 긴자 일대는 세계에서 가장 땅 값이 비싼 지역이다. 일부에서는 그의 재산을 30조원 정도로 예상한 사람들도 적지 않았다. 천문학적인 돈을 벌었지만 그는 7평짜리 비좁은 방에서 비즈니스를 일으키고 40년 넘은 집기를 고집할 정도로 근검절약의 정신을 고집했다. 전철로 출퇴근을 하고 식사도 된장찌개 한 그릇이면 만족했다. 그의 집에도 흔한 파출부 한 명 두지 않았다. 유독 자신에게 만큼은 냉혹한 잣대를 들이댄 짠돌이지만 그럼에도 한국 유학생이나 젊은 일꾼들에게는 늘 따뜻함과 통 큰 배려로 조국사랑을 대신했다.

그는 사업 성공의 비결로 '정직'과 '신용'을 꼽았다. 여기에 그는 자신이 '한국인'이라는 사실을 숨기지 않았을 뿐더러 늘 솔직하고 당당하게 신분을 밝히며 거친 이국땅이지만 올곧게 자신의 뿌리를 내렸다. 도쿄전기대학을 다니던 시절에는 "일본에서 조선인으로 살면서 성공하기에는 어려우니 귀화를 하라"는 지도교수의 제안도 수차례 받았지만 그는 매번 정중하게 거부했다. 눈앞의 작은 이익을 위해 조국을 등질 수 없다는 그의 소신이었다.

검은 세력에 승리하다

신 교수는 2년에 걸친 김 이사장의 투병 생활을 단 하루도 빼놓지 않고 기록으로 남겼다. 김 이사장의 장례를 마치고 그는 한달음에 경남 마산에 살고 있는 김 이사장의 친구이자 한 때 중앙대 이사로 활동했던 홍인석 향교장을 찾아갔다. 신 교수는 이날 김 이사장이 살아 생전, 자신에게 맡긴 전 재산을 친인척들에게 모두 돌려주겠다고 통보했다. 향교장은 얼굴을 붉히며 노발대발했다. 그는 "김희수가 중앙대를 인수하고 잘 나갈 때는 수많은 친인척들이 문전성시를 이뤘지만 정작 김희수가 힘들어 할 때는 모두가 도망을 갔다"며 "하물며 김희수가 투병생활을 할 때 누가 병상을 지켰느냐"며 극구 재산 이양을 말렸다. 신 교수는 이렇게 향교장을 설득했다.

"향교장님! 저의 결정을 두고 하늘에 계신 이사장님께서 지금은 노여워하실지 모르겠습니다만, 훗날 저의 선택을 인정해 주실 겁니다. 이사장님의 재산이 저 앞으로 남겨졌다는 사실이 언젠가는 밝혀지게 될 텐데, 그렇게 되면 이사장님에 대한 가족들의 원망이 끝이 없을 것입니다. 저의 결정을 받아주시고 도와주십시오."

향교장은 한참 만에 "그래, 김희수가 사람 하나는 잘 봤구먼"하고 신 교수의 제안에 고개를 끄덕였다. 김 이사장이 신 교수에게 맡긴 재산은 경남 마산시 무학산 일대의 땅 13만8000여 평과 용산국제업무단지 내 280여 평의 금싸라기 땅이었다. 현재 자산 가치로 따지면 수백억 원은 족히 넘는 금액이다. 신 교수가 김 이사장과 함께 한 28년. 신 교수는 김희수의 한쪽 날개가 되어 하늘을 날 수 있도록 자신을 바쳤지만 억울한 일도 수없이 겪었다. 특히 중앙대와 일본의 학원에 대한 공식적인 후계자가 되면서 더욱 거센 도전을 받았다.

신 교수를 향한 검은 세력들의 시기와 분노는 여기가 끝이 아니었다. 검은 세력이란 중앙대 매각에 깊숙이 관여한 박**씨와 김희수의 먼 인척 일부다. 그들은 1200억원이 투입된 수림문화재단과 장학재단을 자신들의 손아귀에 넣겠다는 심보로 집요하게 신 교수를 흔들었다. 신 교수 역시 김 이사장처럼 한일 양국의 국세청에 고발당하고 배임과 횡령 등의 혐의로 소송까지 당했다. 신 교수가 근무하는 고쿠시칸대에서는 "만약에 단 한 건이라도 물의가 될 만한 사안이 나오면 각오하라"는 경고까지 떨어졌다. 2년 간 매달 비행기를 타고 한국에 들어와 재판을 받는 과정에서 너무 억울해 한밤중에 아파트 옥상까지 올라갔다는 그의 회고다. 하지만 고난도 때로는 약이 되는 법.

신 교수는 1983년 유학을 가서 지금까지 단 하루도 빼놓지 않고 3종 일기를 썼다고 한다. 재판부에 다이어리와 일기, 메모 등을 제출한 것이 무혐의를 받아낸 결정적인 배경이다.

고난과 영광이 얼버무려지다

대학교수 직분에 금정학원의 실질적인 경영자라는 화려한 타이틀을 가지고 있었지만 그의 가정은 한때 배고픔과 초라함 그 자체였다. 당시 두 칸짜리 임대아파트에서 다섯 식구(현재는 6명)가 우글우글 살았다. 이렇다 보니 그의 아내가 파출부는 물론 식당 아르바이트를 하면서 근근이 살림을 꾸려나간다는 소문이 김 이사장의 귀에 들어갔다.

"신군은 사나이 중에 사나이다. 하지만 사람이 너무 울지 않으면 상대는 모른다. 나한테는 이야기 해다오."

어느 날 김 이사장이 신 교수를 불러 "이 돈은 내가 알아서 주는 거다. 지출내역이 필요하니 영수증만 하나 써 다오. 이자도 없는 돈이다"며 3000만엔(한화 3억원)을 건넸다. 아이들이 많으니 집을 넓히라는 그의 배려였다. 이게 화근이 될 줄은 꿈에도 몰랐다. 김 이사장이 타계한 후 그의 자녀 중 한 명이 유품을 정리하다 우연하게 영수증을 발견하자 곧바로 신 교수를 상대로 소송에 들어갔다. 이 과정에서 신 교수의 아파트에 빨간딱지가 붙는 일이 벌어지기도 했다. 연 16%의 이자에다 원금을 포함해 6억 원이 넘는 돈을 갚기까지 수년이 걸렸다.

신 교수는 김 희수 이사장과 함께 한 격정의 세월에 대해 영광과 기쁨, 그리고 아픔과 눈물이 얼버무려진 '고난의 시기'라고 말한다. 그나마 김희수의 정신을 이어가게 된 것이 그의 가장 큰 보람이라고 했다. 살아서는 조국의 인재양성을 위해 철새가 되어 현해탄을 넘나들었고, 죽어서는 세상을 밝히는 하늘의 별이 된 김희수 이사장. 그가 뿌린 씨앗들은 신 교수의 정성과 손길이 보태져 꽃을 피우고 들판을 물들이고 있다.

신 교수는 김희수 이사장이 '문화입국'을 목표로 설립한 수림문화재단 설립 당시부터 이사로 재직하면서 문화예술 분야 인재양성과 소외계층에 대한 문화격차 해소, 한일문화 교류 등 다양한 사업을 전개해왔다. 대표적인 사업이 수림문학상과 수림뉴웨이브상, 수림미술상 제정이다.

아울러 그는 고쿠시칸대 교수로 재직하면서 한국의 정치와 경제, 문화, 역사 등에 걸친 인재 육성에 진력하고 있다. 특히 해외어학연수 프로그램 등을 통해 한일 양국의 젊은이들이 서로에 대한 이해와 올바른 역사인식을 가질 수 있도록 노력하는 등 행동하는 지식인으로서 한일양국의 등불 역할을 수행하고 있다. 올해가 김희수 이사장 타계 10주년이다. 앞으로 10년 후 수림이 뿌린 씨앗이 들판을 어떻게 변화시킬지 신 교수의 머릿속이 벌써 궁금해질 뿐이다.

I.

짧지만 긴 여운

우리 시대의 知性, 이어령의 마지막 고언
산소도 바다도 별도 꽃도 선물 이었다

이순신의 고뇌와 눈물
어둠이 있기에 빛이 있는 법

神이 사랑한 섬 '소록도'
사람에게 버림받고 신에게 사랑받다

산소도 바다도 별도 꽃도 선물이었다

그의 언어는 너무도 명징(明澄)하여 한겨울 처마밑 고드름을 연상시킨다. 흑과 백, 이쪽 저쪽을 구분짓는 것을 극도로 경계하여 생각과 사고에 있어 '그레이존(gray zone)'을 주창해온 그인데, 삶과 죽음이라는 너무도 명백한 갈림길에서 그의 머리 속엔 어떤 언어가 부유하고 있을까.

우리는 이어령이란 인물이 암으로 투병 중이며 언제 삶의 저편으로 떠날지 모른다는 소식에 꽤나 충격을 받았다. 그가 없고, 그가 구사하는 살아있는 언어를 더 이상 만날 수 없다는 것은 동시대를 살아온 이들에게 쉽사리 수용하기 힘든 어떤 공허를 안겨준다. 하여 안타까움과 더불어 약간의 조급함을 안고 그의 최근 언론 인터뷰와 저서 등을 토대로 '우리 시대의 지성' 이어령의 작금의 생각과 사고를 따라가보기로 했다.

인생의 마지막길에서 항암치료도 마다한 채 남은 기력을 다해 책을 쓰고 강연을 하며 그 어느 때보다 밀도있는 삶을 살고있으니, 역시나 '이어령'이었다. 항상 반 발짝 정도 앞서 화두를 던져온 그가 요즘 천착해 있는 주제는 바로 '죽음'이다. '우리 모두는 죽는다', 하여 '메멘토 모리(Memento mori).' 라틴어로 죽음을 기억하라는 의미다. 이어령은 2019년 초 한 일간지와의 인터뷰에서 암투병 사실을 처음 공개하며 이 말을 사용했다. 그러면서 "죽음을 생각하는 삶이 중요하다. 죽음을 염두에 둘 때 우리의 삶이 농밀해지기 때문"이라고 밝혔다.

이어 그해 10월 그는 한 인터뷰에서 어쩌면 마지막 인터뷰가 될 것이라며 "죽는 것은 애초에 있던 그 자리로 돌아가는 것"이라고 말했다. 그리고 생(生)에 대해 이런 말을 덧붙였다.

"모든 게 선물이었다. 내 집도 내 자녀도 내 책도 내 지성도… 산소도 바다도 별도 꽃도…"

죽음의 그림자를 느끼고있을 누군가를 생각하면 가슴이 아프지만, 그럼에도 삶과 죽음에 대한 깊은 통찰이 없인 건져올릴 수 없는 너무도 매혹적인 표현이 아닐 수 없다. 이쯤에서 더 늦기전에 '거인의 어깨'에 올라타

삶과 죽음의 비밀을 일별해보고 싶은 유혹이 든다. 그것이 설령 문틈으로 살짝 엿보는 '찰나의 일별(一瞥)'이 될지라도. 이어령이 우리에게 주는 어쩌면 마지막이 될지도 모를, 역설적이게도 '찬란한 선물'일 테니까.

죽음에 대하여… '메멘토 모리'

"너를 잃고나자 그렇게도 멀리있던 죽음이 나의 곁에 불과 몇 센티미터만을 남겨두고 다가오더구나. 어렸을 때 읽은 빅토르 위고의 작품 가운데 이런 글을 보고 고민했던 적이 있어… 오늘의 문제는 무엇인가, 싸우는 것이다. 내일의 문제는 무엇인가, 이기는 것이다. 모든 날의 문제는 무엇인가, 죽는 것이다."

('딸에게 보내는 굿나잇 키스' 中/이어령 저)

이어령은 하나뿐인 딸 이민아 목사를 지난 2012년 하늘나라로 떠나보냈다. '네 생각이 난다. 해일처럼 밀려온다. 그 높은 파도가 잔잔해질 때까지 나는 운다.' 그가 딸을 생각하며 펴낸 책 속지에는 육필체로 이렇게 쓰여있다. 그의 생에 있어 죽음이 가장 또렷하게 다가온 시점이 언제였을지 짐작하고도 남는다. 딸을 여읜 고통은 죽음에 대한 성찰로 이어져 "죽음은 씨앗과도 같은 것이다. 슬픔의 자리에서 싹이 나고 꽃이 피고 떨어진 자리에서 열매를 맺는다. 우리의 삶을 더 푸르게 하고 풍요롭게 하는 추임새로 돌아온다"고 딸의 삼주기를 맞은 시점에 펴낸 책의 서문에 적고 있다. 이어 "네가 떠난 뒤부터 생명의 문제, 출생의 문제, 죽음의 문제가 내 글쓰기의 주요 테마가 된 거"라고 덧붙인다.

삶과 죽음은 종이의 앞뒷면과도 같을 터. 타고난 지적감각을 갖춘 이어령은 일찍부터 죽음이란 단어를 가까이 두었다. 딸이 떠나면서 그의 표현대로 '죽음은 늘 갖고 다니는 휴대폰처럼 벨소리가 울리는 일상의 것'이 됐을 뿐.

"과일 속에 씨가 있듯이 생명 속에는 죽음도 함께 있다. 나는 살아있다는 생명의식은 나는 죽어있다는 죽음의식과 똑같다. 빛이 없다면 어둠이 있겠나. 죽음의 바탕이 있기에 생을 그릴 수 있다."

생(生)과 사(死)를 바라보는 이어령의 시선이다.

"메멘토 모리(Memento mori)라는 것이 나의 좌우명이었다. 처음 이 라틴어를 대했던 순간부터 오늘에 이르기까지 한번도 기억에서 사라지지 않았던 말이 '모리(mori)', 즉 죽음이었지. 나는 이제 너의 죽음에 대해 더 이상 말하지 않아. 그만큼 죽음이 내 앞으로 가까이 다가왔기 때문이야. 추상명사가 아니라 손으로 잡을 수 있고 냄새를 맡을 수 있고, 던지면 깨질 수 있는 유리그릇 같은 아주 구상적인 명사로 그렇게 내 앞으로 온거야."

이어령은 톨스토이의 단편 '이반 일리치의 죽음'을 인용하며 죽음 앞에서 빛이 된 것은 위대한 기억이나 심오한 철학이 아니라 '눈물 한 방울'이라고 표현했다. "평소 무뚝뚝했던 (이반 일리치의)아들이, 야위고 망가지고 고통 속에서 신음하는 아버지가 너무도 안되고 딱한 마음에 그 가녀린 손을 잡고 눈물 한 방울을 떨어뜨리는데, 그 눈물 한 방울이 죽음의 어둠 속에서 빛이었고 위안이었고 죽음을 넘어서는 가장 큰 힘이 되어주었던 거"라며.

괴테를 모델로 한평생 철학과 문학의 세계를 집요하게 파온 지성의 대가이지만 정작 생의 마지막 순간에 영혼을 위로하는 것은 '눈물 한 방울'이라는 각성에 도달한 듯하다. 그는 올초 한 일간지가 마련한 화가 김병종과의 대담에서도 비슷한 얘기를 한다.

"예수도, 석가도, 공자도 모두 울었다. 사랑과 참회의 눈물이 메마른 사막에서 우리가 살고 있다. 코로나주술을 이길 유일한 길은 타인을 위해 흘리는 눈물 뿐이다. 내게 마지막에 남는 것은 무엇일까. 병상에 누워 한참을 생각하다 눈물 한 방울에 도달한 거다."

이어령은 2019년초 투병사실을 고백하며 "암 걸리고나니 오늘 하루가 전부 꽃, 예쁜 줄 알겠다"라는 말을 했다. 그리고 그 해 10월 한 인터뷰에서 이렇게 덧붙인다.

"내가 느끼는 죽음은 마른 대지를 적시는 소낙비나 조용히 떨어지는 단풍잎이에요. 때가 되었구나. 겨울이 오고 있구나… 죽음이 계절처럼 오고 있구나… 한국말이 얼마나 아름다워요. 죽는다고 하지 않고 돌아간다고 합니다. 애초에 있던 그 자리로, 나는 돌아갑니다."

생(生)에 대하여…'My life is a gift'

"마이 라이프는 기프트였어요. 분명히 내 것인 줄 알았는데 다 기프트였어. 어린시절 아버지에게 처음 받았던 가방, 알코올 냄새가 나던 말랑말랑한 지우개처럼. 내가 울면 다가와서 등을 두드려주던 어른들처럼. 내가 벌어서 내 돈으로 산 것이 아니었어요. 우주에서 선물로 받은 이 생명처럼. 내가 내 힘으로 이뤘다고 생각한 게 다 선물이더라고."

문학적 상상력과 미지를 향한 호기심이 꿈이었다는 그는 호기심의 마지막 우물로 '죽음'을 파다가 아이러니하게도 생명의 기원으로 거슬러올라 갔다고 고백한다.

"죽을 때 돌아가신다고 하죠. 그 말이 기가 막혀요. 나온 곳으로 돌아간다면 결국 죽음의 장소는 탄생의 그곳이라는 거죠. 생명의 출발점… 처음부터 내 목숨은 빌린 거였어요. 바깥에서 저 멀리서 36억년의 시간이 쌓여온거죠."

죽음은 단절이 아니라 또다른 삶과의 연결이며, 우주의 탄생인 '빅뱅' 이래 시간과 공간이 켜켜이 쌓여 오늘의 나로 존재한다는, 시공(時空)을 관통하는 깨달음으로 읽힌다. 그러면서 우리가 놓치고 있는 삶의 놀라운 비밀을 털어놓는다.

"지금 죽음 앞에서 생명을 생각하고 텅 빈 우주를 관찰하면, 다 부정해도 현재 내가 살아있다는 건 부정할 수가 없어요. 숨을 쉬고 구름을 본다는 건 놀라운 일이에요."

그리고 우리 모두가 어떤 존재인지를 들려준다.

"신은 생명을 평등하게 만들었어요. 능력과 환경이 같아서 평등한 게 아니야. 다 다르고 유일하다는 게 평등이지요. 햇빛을 받아 울창한 나무든 그늘 속에서 야윈 나무든 다 제 몫의 임무가 있는 유일한 생명이에요. 그 유니크함이 놀라운 평등이지요. 또 하나 살아있는 것은 공평하게 다 죽잖아."

한 사람 한 사람 유일무이한 '유니크'한 존재라는 것이다. 이같은 신의 기프트를 알고 죽는 사람과 모르고 죽는 사람은 천지차이라고 그는 덧붙인다.

"창을 열면 차가워진 산소가 폐 속 깊숙이 들어와요. 한 호흡 속에 얼마나 큰 은총이 있는지 나는 느낍니다."

죽음이라는 우물을 파는 과정에서 역설적이게도 어느때보다 농밀한 생의 시간을 이어령은 보내고 있는 것이다.

80여년 자신의 삶에 대해선 어떤 해석을 내릴까.

"물음표와 느낌표 사이를 쉴 새 없이 오간 게 내 인생이에요. 물음표가 씨앗이라면 느낌표는 꽃, 품었던 수수께끼가 풀리는 순간의 희열은 무엇과도 바꿀 수 없고, 가장 중요한 것은 우선 호기심을 갖는 것, 그리고 왜 그런지 이유를 찾아내는 것."

지금 우리에게 필요한 것··· '눈물 한 방울'의 힘

"정작 우리 모두에게 필요한 것은 인성(人性)의 눈물이에요. 코끼리나 낙타도 눈물을 흘린다고는 하지만 이 지상에서 실제로 눈물을 흘릴 줄 아는 존재는 인간 밖에 없지요. 지능이나 체력이 인간보다 월등한 AI 수퍼로봇도 눈물만은 흘릴 줄 모릅니다. 우리가 눈물을 흘리는건 우리가 영혼을 지닌 인간임을 증명하고 선언하기 위함이지요. 그리고 자신을 위한 눈물은 무력하고 부끄러운 것이지만 남을 위해 흘리는 눈물은 지상에서 가장 아름답고 힘있는 것이라는 사실을 우리는 모두 알고 있어요. 눈물은 희망의 씨앗이기도 한 것입니다."

최근 한 인터뷰에서 이어령은 코로나19로 보낸 지난 1년을 성찰하며 "생명의 가치를 중요하게 여기게 됐다는 것이 가장 귀중한 교훈"이라고 진단했다. "앞만 보고 달려오던 삶에서 잠시 멈춰서서 나에게 이토록 소중한 생명을 주신 부모와 그 부모의 부모로 거슬러 올라가는 생명의 원천적 의미에 대해 깊이 생각할 수 있는 기회를 갖게 된 것"이라고 설명했다.

또 "자유가 얼마나 소중한 것이었는지도 알게 됐다. 자유와 생명은 같은 뜻이며 자유를 잃으면 다 잃는 것이고 그래서 생명의 가치는 곧 자유의 가치"라고 강조했다.

코로나 이후는? 그는 코로나라는 코너를 돌고나면 생명화의 시대가 펼쳐진다고 제시했다. "생명이 가장 중요한 테제가 되는 세상, 앞으로 반생명적인 것들은 절대 발을 붙일 수가 없다. 생명은 서로 같이 사는 것 상생하고 공생하고 공존하는 것"이라고 말했다.

'나 죽고 너 살자' '나 죽고 너 죽자'가 아닌 '나 살고 너 살자'만이 코로나 시국을 벗어날 수 있는 해답이라는 것이다. 왜? 인류는 포식에서 기생, 기생에서 상생의 '자리행 이타행(自利行 利他行)'의 단계로 발전해가고 있다는 게 '우리 시대의 지성' 이어령의 통찰이다.

어둠이 있기에 빛이 있는 법

전남 해남군 문내면 학동리와 진도군 군내면 녹진리 사이 해협은 물살이 빨라 '우우우' 하며 우는 소리가 20리 밖에서도 들린다고 해 '울돌목'이라 이름 붙었다. 1597년 9월 이순신이 불과 12척의 전선(戰船)으로 왜선 133척을 맞아 대승을 거둔 명량대첩의 전승지다.

"이제 신에게 아직도 12척의 전선이 있사온즉… 죽을힘을 내어 싸우면 할 수 있습니다.(今臣戰船尚有十二.)"

명량 바다로 나아가기에 앞서 이순신이 선조에게 올린 장계의 내용이다. 명량에서 적을 맞은 이순신은 새까맣게 에워싼 적선을 보고 얼굴빛이 질린 조선수군을 향해 "반드시 죽고자 하면 살 것이고, 반드시 살고자 하면 죽을 것이다(必死則生 必生則死)"라는 말로 독려한다. 이순신은 12척의 전선을 적 앞에 일자진(一字陣)으로 세운다.

'이순신'이란 이름을 들으면 우리는 가슴 깊은 곳에서 뜨거운 불덩이가 차오르는 것을 느낀다. 당쟁으로 얼룩진 조선의 역사에서 왜구의 침입으로 바람 앞의 등불과 같던 나라를 피를 토하는 절박한 심정으로 지켜낸, 시대를 초월한 우리의 영웅이다. 충절과 용기를 상징하는 자부심의 근원이다. 당시 임금은 무능했고 대신들은 당파싸움에 여념이 없는 가운데 마땅한 지원조차 없었으니 이순신이 세운 23전23승의 무패신화는 세계 해전사에서도 빛나는 기록으로 남아있다.

이순신이라고 해서 거친 바다가 만만했을 리 없다. 함경도에서 여진족과 싸우다 1591년 진도군수로 임명된 이순신에게 바다는 두렵고도 낯선 전장(戰場)이었다. 그럼에도 적의 허를 찌르는 독보적인 전략 · 전술과 두려움에 떠는 군사들로 하여금 죽음을 무릅쓰고 나아가게 하는 탁월한 지휘통솔력, 게다가 인품까지 지덕체(智德體)와 문무(文武)를 겸비한 이상적인 군인으로서의 전형을 보여주었다.

이순신의 위대함은 적장이었음에도 이웃 일본에서도 존경을 표시할 정도다. 일본은 메이지유신 시기에 해군을 창설해 이순신의 업적과 전술을 집중적으로 연구했다. 전선과 무기는 고사하고 군사들을 먹일 군량미조차 부족한 상황에서 이순신은 어떻게 연전연승의 신화를 써내려 갈 수 있었을까. 그 뒤에는 한 인간으로서 그의 엄청난 내면적 고뇌와 고통이 자리잡고 있음을 '난중일기'를 통해 짐작할 수 있다. '어둠'이 있었기에 '빛'이 있음이다.

아쉽게도 역사는 장수(將帥)로서 이순신의 역량과 업적에 초점을 맞췄지, 그가 노량 앞바다에서 마지막 숨을 거두기까지 정신적 육체적으로 얼마나 큰 고뇌와 고통에 시달렸는지, 인간 이순신의 내면적 영역은 소홀히

한 측면이 없지 않다. 적을 상대로 싸워 이긴 전쟁영웅이기 이전에 임금의 불신에 아파하고 조정의 모함에 분노할 줄 아는, 이순신도 한 인간이었다. 그늘에 묻혀있던 '인간 이순신'을 제대로 들여다볼 때 우리는 비로소 이순신이란 역사적 인물과 온전히 마주할 수가 있을 것이다.

내가 죽고 네가 살아야

'난중일기'는 이순신이 전쟁이 일어날 것에 대비해 1592년 1월 1일부터 쓰기 시작해 전사하기 이틀 전인 1598년 11월 17일까지 7년간의 전쟁기록이다. 전쟁 및 출동상황, 관아의 업무, 주변 사람들의 이야기를 장계와 편지, 자작시 등을 곁들여 세세하게 담고 있다.

"하루 종일 홀로 빈 정자에 앉았으니 온갖 생각이 가슴에 치밀어 마음이 어지러웠다. 어찌 이루 다 말할 수 있으랴. 정신이 혼미하기가 꿈에 취한 듯하니, 멍청한 것도 같고 미친 것도 같았다."〈1594년 5월 9일〉

"촛불을 밝히고 혼자 앉아 나랏일을 생각하니 나도 모르게 눈물이 흐른다. 또 팔순의 병드신 어머니를 생각하며 초조한 마음으로 밤을 새웠다."〈1595년 1월 1일〉

"바람은 싸늘하고 차가운 달빛은 대낮같아 자려해도 잠들지 못하고 밤새 뒤척였는데 온갖 근심이 가슴에 치밀었다."〈1595년 10월 20일〉

난중일기에는 이순신이 `이처럼 '밤새도록 잠을 이루지 못했다'는 기록이 자주 등장한다. 전장에선 130여 척의 적선 앞에서 고작 12척으로 일자진을 펼칠 정도로 용맹한 장수임에도, 평상시엔 적의 동태를 탐지하고 어떻게 하면 이길지 고민하는 것과 함께 백성들의 고초, 어머니, 자식 등을 염려하느라 온몸이 식은땀으로 젖은 채 밤잠을 뒤척이기 일쑤였다.

인간 이순신의 고통은 명량해전이 있던 1597년 최고조에 달한다. 그 해 3월 모함으로 서울로 압송돼 투옥됐다가 백의종군의 신세가 되어 고향 아산에 도착했을 때 어머니의 사망소식을 접한다. 어머니는 여수에서 이순신이 풀려났다는 소식을 듣고 아들을 보기 위해 오던 도중 배 안에서 홀로 세상을 뜬다. 효자였던 이순신은 피눈물 나는 당시의 심경을 난중일기에 이렇게 남겨놓았다.

"일찍 식사 후에 어머니를 맞이할 일로 바닷가 길에 올랐다. 얼마 후 종순화가 와서 어머니의 사망소식을 알렸다. 달려 나가 가슴을 치고 발을 구르니 하늘의 해조차 캄캄해 보였다… 가슴이 찢어지는 비통함을 어찌 말로 다할 수 있으랴. 나는 아주 지친데다 남쪽으로 갈 일이 또한 급박하니 울부짖으며 곡을 하였다. 오직 어서 죽기만을 기다릴 뿐이다."
〈1597년 4월 13,16일〉

이순신은 어머니 장례도 못 치르고 출정을 하며 "어찌하랴, 어찌하랴, 천지 사이에 어찌 나와 같은 사정이 있겠는가. 빨리 죽는 것만 못하구나"라고 땅을 치며 통곡했다.

이순신의 애통함은 여기서 끝나지 않는다. 어머니가 돌아가시고 6개월 뒤 아끼던 아들이 왜적의 칼에 비참하게 죽는다. 그 해 9월 명량해전에서 승리하고 난 다음달 셋째 아들 면(葂)이 죽었다는 비보가 당도한다.

말타기와 활쏘기를 잘했고 이순신을 가장 빼닮은 아들이었다. 명량해전 직후 모친을 모시고 아산 집에 가있다가 길에서 왜적의 복병을 만나 칼을 맞고 죽었다. 스물한 살의 꽃다운 나이였다. 명량해전에서 적장의 목을 벤 이순신에게 복수하기 위해 왜적이 아산 집에 불을 지르고 의도적으로 자행한 소행이었다.

"하늘이 어찌 이처럼 인자하지 못한 것인가. 간담이 타고 찢어지는 듯하다. 내가 죽고 네가 사는 것이 당연한 이치이거늘, 네가 죽고 내가 살았으니… 천지가 어둡고 밝은 해조차 빛이 바랬구나. 슬프다 내 아들아! 나를 버리고 어디로 간 것이냐… 내가 지은 죄 때문에 화가 네 몸에 미친 것이냐. 너를 따라 죽어 지하에서 함께 지내고 함께 울고 싶건만…"
〈1597년 10월 14일〉

이순신은 "마음이 죽고 형상만 남은 채 부르짖어 통곡할 따름이다. 하룻밤 지내기가 일 년 같다"며 단장(斷腸)의 아픔을 토해냈다. 적의 간담을 서늘케 하는 바다의 용장(勇將)이지만 어머니와 아들의 죽음 앞에서 이순신은 스스로 죽고 싶은 심정을 솔직하게 드러냈다.

난중일기는 이순신이 연약한 한 인간으로서의 내면을 유일하게 표출하는 통로였다. 어머니와 아들이 불귀의 객이 되고 그로부터 1년 뒤, 1598년 11월 19일 이순신은 남해 노량에서 왜적의 총탄에 의해 숨을 거둔다.

전쟁문학의 백미, 난중일기

"전쟁이 한창 급하니 부디 나의 죽음을 말하지 말라."

그날 바다 한가운데로 큰 별이 졌다. 노량해전에서 이순신의 조선수군은 밤을 새고 날이 밝도록 왜선 500여 척과 사투를 벌여 적선 200여척을 물리치는 전공을 세웠다. 이순신이 전사한 곳은 현 남해군 고현면 차면리에 있는 관음포로 고려 말 팔만대장경 일부가 만들어졌다고 해서 관음이라고 부른다. 12월 4일 조정은 이순신을 우의정에 추증한다.

혹자는 이렇게 말한다. 그날 노량 앞바다에서 이순신은 자의적으로 죽음을 택한 것일 수도 있다고. 이순신에 대한 선조의 경계와 불신, 조정의 계속된 모함과 질투는 오로지 우국충정으로 가득했던 이순신에게 인간적인 고뇌와 회한의 그늘을 깊게 드리웠다. 실례로 1593년 6월 10일 난중일기에서 이순신은 당시 경상우수사인 원균에 대해 "그 흉악하고 음험하고 시기하는 마음은 이루 말할 수 없다"며 울분을 가감 없이 적고 있다.

무능한 조정에선 이순신이 전공(戰功)을 장계로 올려 보내면, 수급(首級)의 개수와 격파한 적선의 개수를 두고 임금을 기만한다며 치죄를 주청해 이순신의 마음을 어지럽혔다.

난중일기는 전쟁문학의 백미로 꼽힌다. 어려서부터 유교경전을 익히는 등 문인의 소양을 쌓은 이순신은 문무를 겸비한 장수로서 용맹과 별개로 인간적인 섬세함과 감수성 또한 뛰어났다.

> 우수수 비바람 치는 이 밤에
> 맘이 초조하여 잠 못 이룰 적에
> 긴 한숨 거듭 짓노라니
> 눈물만이 자꾸 흐르네
> 배를 부린 몇 해의 계책은
> 다만 성군을 속인 것이 되었네
> 산하는 오히려 부끄러운 빛 띠고
> 물고기 날새들도 슬피 우누나…
> 중원 회복한 제갈량이 그립고
> 적 몰아낸 곽자의 사모하네.
>
> 〈'난중일기' 中〉

神이 사랑한 섬 '소록도'

사람에게 버림받고 신에게 사랑받다

마리안느와 마가렛

전남 고흥에서 소록도 사이 그 푸른 바다는 숙명(宿命)의 바다였다. 건너고 싶어 건넌 자가 없었으며 아무도 가고 싶지 않은 물길이었다.

시선조차 함부로 주지 않던 섬, 그 외로운 섬에 누군가가 발을 디딘다면 한평생 천형(天刑)을 걸머지고 살아야 하는 숙명이었다. 피붙이도 외면하는 그야말로 '몹쓸 병'이었다. 어버이는 병에 걸린 자식을 수용소나 다름없던 그 섬에 혼자 두고 떠나며 차마 발길이 떨어지질 않아 주저앉아 피눈물을 흘렸고, 홀로 남은 자식은 '돌아보지 마라'는 어버이의 충고에도 고개를 돌렸다가 어버이의 마지막 모습으로 평생 가슴에 품고 살았다. 부모 자식간의 정리(情理)만한 것이 어디 있던가. 어느 어버이는 늙어 애써 키운 육지의 성한 자식들이 서운히 대하자, 수십 년이 지난 그제서야 섬에 두고 온 자식 하나를 떠올리고 찾았다가 잊지 않고 기다렸다며 반가이 맞는 자식 앞에 눈물을 쏟기도 했다. 그처럼 눈물겨운 숙명도 없을 것이었

다. 한때 수천 명이 동일한 숙명을 안고 산 그 섬은 '천형의 섬'으로 불렸
다. 어린 사슴 모양의 작은 섬이 감당하기엔 한 사람 한 사람의 사연이 참
으로 눈물겨워 땅조차 버거웠을 것이다.

1962년 2월 어느 날 파란 눈의 한 20대 여성이 고흥 녹동항에서 소록도
로 향하는 배에 오른다. 그녀의 손엔 작은 트렁크 하나가 들려있었고, 멀
리 낯선 섬을 바라보는 눈은 어린사슴의 눈망울처럼 맑고 순했다. 오스트
리아에서 온 수녀 겸 간호사 마리안느 스퇴거. 사시사철 만년설을 머리에
인 알프스 산자락 인스부르크에서 간호학과를 졸업하고 소록도병원이 간
호사를 원한다는 소식을 듣고 '봉사의 소명(召命)' 그거 하나 깃발처럼 가
슴에 꽂고 이역만리 동양의 작은 나라를 찾은 것이다.

그로부터 4년 뒤인 1966년 마리안느와 같은 간호학교 출신의 마가렛
피사렉이 뒤따라 섬으로 들어온다. 한 살 차이인 두 사람은 이후 둘도 없
는 자매가 되어 40여년간 '소록도의 천사'이자 '한센병 환자의 어머니'로
살아간다.

마리안느와 마가렛, 그들이 보여준 건 '사랑'

한센병에 대한 지독한 편견으로 의사와 간호사들이 장갑을 끼고 환자
를 살필 때, 두 사람은 환자들의 만류에도 약을 꼼꼼히 발라야 한다며 맨
손으로 환부를 치료했다. 오스트리아에서 가져온 오일을 환부에 부은 뒤
맨손으로 쓸어내렸다. 곁에서 간호를 돕던 한 한국인 간호사는 나중에 이
렇게 회고했다.

"환자 앞에 있어야 간호지 간호사들이 차트 정리하고 의사 처방 받고 이런 데 시간을 많이 쓰면 간호가 아니라며 저보고도 공부는 절대 하지 말라고 하셨어요. 손과 발이 부지런해야 간호지 머리만 잘 회전시키면 간호가 아니라고…"

치료가 끝나면 죽을 쑤고 과자를 구워 바구니에 담아 마을을 돌았고, 생일을 맞은 환자가 있으면 자신들이 사는 사택에 초대해 직접 구운 빵을 대접했다. 환자가 직원들이 사는 지역에 들어가는 것은 상상도 못하던 시절이었다. 환자와 직원, 내 종교 네 종교 이런 구분 없이 서로 넘나드는 것, 두 사람은 그렇게 구별 없음을 행동으로 실천해보였다.

제대로 된 정부지원도 없던 시절, 병동과 목욕탕, 영아원 등 여러 시설물을 하나둘 마련한 것도 두 사람이었다. 마리안느와 마가렛은 오스트리아 가톨릭부인회에 편지를 보내 도움의 손길을 요청하고, 비자연장을 위해 고향을 방문할 때마다 개인후원자들을 만나 모금활동을 했다. 지금도 현지 가톨릭부인회 사무실에는 당시 두 사람이 보낸 편지가 낡은 세월의 더께를 입고 보관돼 있다.

마리안느와 마가렛의 열성으로 1970년대 후반 당시로는 거액인 3000만원이 소록도로 날아든다. 오스트리아 가톨릭부인회가 보낸 후원금으로 두 사람은 50평 규모의 결핵병동을 지어 소록도병원에 기증했다. 본국의 지인이나 봉사단체가 보내온 후원금을 모아 정신병동과 목욕탕도 지었다.

본국 수녀회가 보내오는 두 사람 몫의 생활비도 환자들을 위해 쓰여졌다. 우유와 간식을 사고, 성한 몸이 돼 떠나는 사람들의 손에 노자로 쥐어 졌다. 환자들이 낳은 자녀들을 돌볼 곳이 없자 허름한 창고를 고쳐 영아원 을 만들어 우유를 먹이며 돌본 것도 두 사람이었다. 뿐만 아니라 외국 의 료진 초청을 주선해 한센병으로 인해 생긴 장애교정 수술을 받도록 해주 었다. 놀라운 것은 이 모든 베풂에도 불구하고 두 사람은 섬에 머문 40여 년간 한 푼의 대가도 받지 않았다. 오로지 자원봉사자 신분으로 헌신과 봉 사를 다했다. 당시 두 사람의 보살핌을 받은 한 환자는 이렇게 회고했다.

"저희들한테 특별하신 분들입니다… 다정한 말 한마디가 그렇게 좋았 어요. 오늘까지도 잊어본 적이 없어요. 최고의 선물을 받은 거죠. 그들이 보여준 건 사랑이었어요."

마리안느와 마가렛은 희망이라곤 없는 이 섬에 무엇보다 희망을 심어 야 하고 그렇게 희망 안에 믿음 안에 사랑 안에 살아야 된다는 생각을 했 다고 말했다. 가족과 세상으로부터 버림받은 이들은 희망을 잃은 채 바다 에 빠져죽고 나무에 목을 매던 때였다.

60년대 당시 섬에는 이름부터가 가슴이 미어지는 '수탄장(愁歎場)'이라 는 곳이 있었다. 전염의 공포가 컸던 시절이라 한센인들은 그들이 낳은 자 식과 함께 살 수가 없었다. 보육소에 아이들을 맡기고선 일정한 간격을 두 고 떨어져 눈으로만 혈육을 만났다. 혹여 나균이 옮겨갈까봐 바람이라도 부는 날에는 바람을 등지고 아이들을 세웠다. 한쪽엔 아이들이, 조금 떨어 진 반대쪽엔 그 아이를 낳은 엄마들이 쭉 늘어서 하염없이 그리운 눈빛을 주고받는 것이 부모자식간의 유일한 소통이었다. 소록도에 뿌리내린 나무 한 그루, 풀 한 포기, 바람 한 자락 어디에도 눈물 젖은 탄식이 흐르지 않는 곳이 없었다.

이제는 천막을 접어야 할 때

2005년 11월 23일, 전체 둘레라고 해봐야 14㎞인 소록도 집집마다 편지 한 통이 날아든다.

"사랑하는 친구 은인들에게, 이 편지를 쓰는 것은 아주 어렵게 썼습니다. 한편은 사랑의 편지지만 한편으론 헤어지는 섭섭함이 있습니다. 이제는 저희들이 천막을 접어야 할 때가 왔습니다. 부족한 외국인으로서 큰 사랑과 존경을 받아서 대단히 감사드립니다. 저희들의 부족함으로 마음 아프게 해드렸던 일에 대해 용서를 빕니다. 감사하는 마음으로 마가렛, 마리안느."

당시 마리안느는 70세, 마가렛은 71세였다. 전라도 사투리에 한글까지 깨쳐 '큰 할매' '작은 할매'로 불린 두 사람은 고령이 되자 "소록도에 도움이 아닌 짐이 되어간다"며 편지 한 장 달랑 남겨두고 조용히 고국으로 돌아갔다. 떠나던 날 새벽에도 여느 때와 다름없이 환자들 곁에서 따뜻한 우유를 따라주고 아픈 데를 살핀 뒤 작별인사도 없이 홀연히 섬을 등졌다.

배를 타고 떠나는 두 사람의 손엔 처음 섬에 들어올 때 가져왔던 해진 가방 한 개만 들려있었다. 두 사람이 기거했던 조그만 방에는 십자가와 책상만이 주인을 잃은 채 덩그러니 남아있었다. 두 사람은 나중에 소록도를 떠나던 날을 이렇게 회상했다.

"멀어지는 섬과 사람들을 멀리서 바라보며 하염없이 눈물을 흘리며 울었습니다."

그나마 다행인 것이 그들이 떠날 당시엔 섬의 형편이 많이 좋아지고 환자도 600명 정도에 그쳤다. 처음 왔을 때만 해도 6000명 환자에 아이들도 200명인데다 약도 없고 돌봐줄 사람도 없어 한 사람 한 사람 치료해주려면 평생 이곳에서 살아야겠구나 라는 생각을 했었다고 그들은 회고했다.

한 주민은 "말이라도 하고 떠나야지, 고향을 잃어버린 거, 하늘이 무너지는 거 같았다"고 당시 심경을 전했다.

그렇게 두 사람이 떠나고, 섬은 '어머니'를 잃은 슬픔에 잠겨 상심으로 한동안 식음을 끊는 사람까지 있었다. 섬사람들은 일손을 놓고 마리안느와 마가렛을 위한 기도를 올렸으며 그 기도는 지금도 계속되고 있다. 사람은 가도 정신은 남아, 섬사람들은 마리안느와 마가렛을 여전히 그리워하며 추억하고 있다. 어찌 잊을 수 있겠나. 소록도를 찾는 외지인들 또한 섬 곳곳에 스민 두 사람의 헌신과 봉사, 사랑의 정신을 뭉클한 감동으로 안고 한결 이타적인 사람이 되어 뭍으로 돌아간다.

이후 지자체가 나서 마리안느와 마가렛 기념공원 · 기념관 · 기념탑 · 나눔연수원 등을 조성해 작별인사도 없이 떠난 두 천사를 기리고 있다. 무엇보다 두 사람이 오랜 기간 뿌린 사랑의 씨앗은 남은 사람들에 의해 싹을 틔우고 꽃을 피우는 선한 작업으로 이어지고 있다. 김연준 신부는 두 사

람의 이름을 딴 사단법인 마리안느와 마가렛을 만들어 캄보디아 등 도움
이 필요한 다른 나라를 돕고 있다. 두 사람의 이야기는 다큐멘터리 영화로
도 제작돼 세상에 깊은 울림을 주었다. 지난 2016년 국립소록도병원 개원
100주년을 맞아 오스트리아에 가 있던 두 사람의 영상을 담아 이듬해 다
큐영화로 만들어졌다.

우리 정부는 2016년 두 사람에게 명예국민증을 수여했다. 2002년 월드
컵 신화를 낳은 히딩크 감독에 이은 두 번째 명예국민이었다. 그 해 정부
초청으로 11년 만에 한국을 찾은 마리안느는 변함없이 자신을 낮추며 이
렇게 말했다.

"제가 한 일 중 특별한 것은 하나도 없었습니다. (환자들과) 제일 좋은
친구로 살았어요."

사단법인 마리안느와 마가렛은 2017년 11월부터 두 사람을 노벨평화상
후보로 추천하는 범국민 서명운동을 벌이고 있다. 이런 움직임에 두 사람

은 "그저 아프고 소외된 사람들을 도와주고 싶었고 그 일을 다했으니 떠나는 것이 맞고, 대가를 위해 한 일이 아니다"며 상을 받고 또 자신들에게 고맙다고 하는 그런 상황이 생기는 것이 싫다는 뜻을 한사코 전했다.

80대 중반이 된 마리안느와 마가렛은 현재 오스트리아 정부의 기초연금을 받으며 요양원에서 지내고 있는 것으로 알려진다. 100주년 기념 다큐영상에서 마가렛은 치매를 앓고 있는 중에도 소록도에서 일들은 또렷이 기억하며 이렇게 말한다.

"다 보고 싶어, 다들 좋아했어. 이제 다 지났어… 소록도 시대, 행복있게 살았어요. 저기에서, 아주 좋았어."

"지난날 가난 때문에 달팽이 생활을 하면서 울어야 했던 박 회장은 이제 자신보다 타인을 위한 봉사와 나눔의 삶을 실천하겠다는 의지다. 환갑 잔치를 하지 않은 대신 1억원을 쾌척해 진흥장학재단을 설립한 뒤 성수동 건물을 국가에 기부 체납했다."

박경진 진흥문화 회장

〈학력 및 경력〉

• 협성대학 선교신학과 졸업(총회)
• (주)진흥문화 회장
• 감리교실업인회 회장 역임
• 한국장로회총연합회 대표회장
• 재단법인 진흥장학재단 이사장
• 한국기독교성지순례선교회 회장

〈저서〉

• 역경의 열매 오직 감사(2011)
• 어느 병사의 일기(2013)

어둠의 자식이 된
어처구니없는 인생

박경진 가족

어둠의 자식이 된 어처구니없는 인생

'어둠의 자식' 박경진

그는 1940년 충남 서산의 산간벽지 오지마을 외딴집에서 10남매 가운데 아홉째 아들로 태어났다. 그것도 한쪽 눈이 감겨진 장애를 안고 태어나는 바람에 '반쪽짜리'라는 주홍글씨를 안고 평생 가슴앓이를 해야 했다. 다섯 살 때쯤에는 열병을 앓아 머리카락이 모두 빠질 정도로 죽을 고비를 넘기기도 했다. 겨우겨우 살아났지만 열다섯의 나이에도 불구하고 호적에도 없는 '어둠의 자식'이었다. 초등학교를 졸업하고 호적등본을 떼러 동사무소에 갔다가 자신의 호적이 없다는 사실을 뒤늦게 알고서야 출생신고를 한 기구한 인생이었다. 그의 아버지가 동네사람에게 아들의 출생신고를 부탁했으나 깜박 잊고 그렇게 15년이라는 세월을 흘려보낸 것이다. 태어나자마자 장애 때문에 그는 오두막에서 늘 외톨이로 지냈고 친구들로부터 갖은 놀림과 천대를 받으면서 학교를 다녔다. 그것도 또래보다 늦은 10살 때서야 초등학교에 들어갔다. 나중에 커서 '사람구실이나 할 수 있을까' 싶은 태생적 장애를 그렇게 스스로 거스를 수 없는 운명처럼 받아들인 건 아닐까. 뒤늦게 자신이 '색맹'이라는 사실이 밝혀지기도 했지만 장애는 결코 넘지 못할 벽이 아니라, 강하고 담대함을 위한 연단의 과정이라고 스스로를 다독인다.

가지 많은 나무에 바람이 인다고 했던가! 전염병과 가난으로 형제들 중 사남매는 세상을 떠나야 했고 육남매만이 겨우 생존을 했다. 일평생 머슴살이를 했던 그의 아버지는 아들에게 늘 "주제넘지 마라", "분수에 맞게 살라"고 당부했다고 한다. 즉 '타고난 대로 살라'는 뜻이었다. 그럼에도 아버지에게 원망이나 불평 한마디 한 적이 없다. 배움에 대한 그의 분수는 아버지의 말씀대로 초등학교까지가 전부였다. 더이상 상급학교를 쳐다볼 수 없었다. 그런 그에게 희망과 꿈이라는 서광이 비친다. 초등학교 2학년 때 한국전쟁이 발발하자 피난민들이 동네 교실에서 예배를 드리면서부터다.

그는 '날 때부터 소경된 자는 누구의 죄 때문이 아니라 하나님의 뜻을 이루기 위함'이라는 예수님의 말씀이 곧 자신이라고 믿었다. '연단을 거치지 않은 검은 날이 서지 않는다'는 말처럼 자신의 운명과 맞서왔다. 초등학교 졸업장이 전부인 그는 서울로 올라와서 사업을 성공시켰고 뒤늦게 감리교신학대학을 졸업, 배움에 대한 목마름을 조금이나마 해소할 수 있었다. 이후 감리교장로회전국연합회 회장과 한국기독교출판협회 회장을 거쳐 현재 한카문화협회 회장 및 한국미래포럼 회장을 맡는 등 각종 기독교 사회단체의 거목으로 성장했다. 바로 박경진 진흥문화 회장의 드라마 같은 인생사다. 그의 어머니는 박 회장을 낳은 뒤 입으로 탯줄을 끊은 다음 아직 여물지 않은 보리밭으로 나갔다.

> "밭고랑으로 따라다니는 어린것들은 엄마의 치맛자락을 잡고 먹을 것을 달라고 칭얼거렸다. 그러나 그중에서도 어머니 곁에서 돕는 자식이 있었다. 열세 살의 큰아들이었다. 보리이삭을 따는 어머니의 눈에는 눈물이 그렁그렁 맺혔다."

〈'역경의 열매 오직 감사' 中/ 박경진 저〉

어머니는 집으로 돌아와 보리이삭을 솥에 넣고 찐 다음 절구에 넣고 비벼서 알갱이를 발라낸 뒤 솥에다가 볶은 다음 이를 맷돌로 갈아서 햇보리죽을 쑤어 먹었다. 미역국 한 그릇 없이 그렇게 어머니는 산후조리를 대신했다. 그렇게 태어난 아들이 한쪽 눈을 뜨지 못하자 어머니는 장독대 앞에 정화수를 떠놓고 빌면서 한없는 눈물을 흘렸다. 길거리에서 주어다 먹은 꿩이 잘못돼 그렇게 되지 않았나 싶어 어머니는 가슴을 치고 또 쳤다. 어머니가 만삭이 되어가던 어느 날, 아버지가 전봇대 밑에 죽어 있는 꿩 한 마리를 가져와 어머니에게 영양보충이나 하라고 해서 이것을 요리해 먹은 것이 화근이 돼 아들의 한 쪽 눈이 감긴 채 태어나지 않았나 하는 죄책감에 평생을 시달렸다. 꿩의 감겨진 눈이 아들의 감긴 눈과 거의 똑같아 보였다는 어머

니의 눈물겨운 회상이었다. 어머니는 가족 중에 병환이 생겨 앓기라도 하면 무당을 불러 굿을 하는 등 갖은 정성을 들였지만, 그럼에도 사남매가 어린 나이에 세상을 뜨는 단장의 아픔을 겪어야 했다.

"삼신할머니, 제가 죽을 죄를 지었습니다. 잘못한 저에게 천벌을 주시고 자식의 눈은 뜨게 해 주세요."

그렇게 정성을 다해 치성을 드렸건만 아들의 눈은 여전히 꿈쩍하지 않았다. 그러던 어느 날, 예수님을 영접하면서 어머니는 장독대에 올려놓은 정화수를 과감하게 거두고 교회를 나가게 된다. 이후 어머니는 나이가 들어 허리가 구부러졌는데도 불구하고 산에 올라가서 솔방울을 따다가 가마니에 담아 머리에 이고 새벽에 30리가 넘는 거리의 시장으로 나가 팔아 주일헌금, 속회헌금, 월정헌금 등을 내는 등 독실한 신앙인으로 거듭난다.

반쪽 인생의 광야운동

박 회장이 초등학교 6학년 때 전교회장 선거에 도전한 적이 있었다. 당시 입후보자는 박 회장과 김용웅이라는 친구, 두 명이었다. 투표용지에 기표를 하려는 순간, "경진아! 너는 반쪽, 50%밖에 안되잖아. 용웅이는 100%인데… 네가 양보해라"는 소리가 심장을 두드렸다. 순간 박 회장은 자신도 모르게 상대후보인 친구에게 표를 찍는 어처구니없는 일을 저질렀다. 그만큼 박 회장은 열등감에 떨어야 했고 그 뿌리 또한 깊고 단단했다. 초등학교를 졸업하고 난 뒤 그는 또 지게를 지고 들판으로 나가야 했다. 하지만 초등학교 시절, 늘 우등생이었던 터라 배움에 대한 갈증 또한 적지 않았다. 그래서 낮에는 집안의 농사일을 거들고 밤에는 〈중학교 입문〉강의록을 구입해 기초 영어와 한문을 배우고 각종 원예서적을 사다 보는 등 주경야독의 끈을 놓지 않았다.

　　겨울철에는 산으로 올라가 땔감을 해서 시장에 내다팔아 돈을 벌었다. 당시 땔감을 하는 것도 버거운 나이였지만 무거운 짐을 지고 30리길을 걸어야 하는 일이 여간 고역이 아니었다. 그러나 당일 땔감을 팔지 못하는 경우가 생기면 등짐을 지고 이 골목 저 골목을 돌고 돌아 땔감을 모두 팔고나야 집으로 돌아갈 수 있었다. 그러다가 중학교 교복을 입은 친구들과 마주칠 때 가장 고통스러웠다는 그의 회고다. 그는 어린 나이였지만 원예재배법을 배워 형님과 함께 원예 농사를 지으면서 돈 맛을 보기 시작했다. 이 때부터 그의 꿈도 조금씩 영글어갔다. 돈을 모아 눈을 고치고 사람답게 사는 게 그의 유일한 꿈이었다.

그의 나이 열여덟 살 되던 1957년 때다. 그는 집안의 제삿날을 틈타 그동안 말로만 듣던 꿈의 도시인 서울로 도망을 쳤다. 여태까지 자신의 고향을 단 한 번도 떠나본 적이 없던 그는 처음으로 기차를 타고 넓은 세상구경도 했다. 그러나 낯선 서울에서 그를 반겨주는 사람은 없었다. 일자리를 찾기 위해 서울의 거리를 샅샅이 뒤졌지만 모두 허사였다. 신체적 장애가 가장 큰 걸림돌이었다. 당시 인천에 사는 형님의 설득으로 결국 박 회장은 고향으로 돌아가야 했다. 그의 가출은 이렇게 허망하게 막을 내린다.

고향으로 내려온 박 회장은 농사는 물론 더욱 강해진 믿음으로 신앙생활에 들어간다. 새벽기도는 기본이었다. 하지만 겨울철 새벽기도는 적잖은 고통이 뒤따랐다. 새벽에 얼음을 깨고 냉수마찰을 해야 했기 때문이다. 그럼에도 단 하루도 새벽기도를 포기하는 날이 없었다. 또한 박 회장은 매주 두 번씩 금식을 통해 아낀 쌀을 교회에 성미로 바쳤다. 이를 두고 박 회장은 '광야운동'이라고 불렀다. 예수를 믿은 지 70년, 이 가운데 50년 동안 단 한 번도 거르지 않고 감사헌금을 드렸다고 한다.

찢어지게 가난해 먹을 것이 없어도 감사헌금만큼은 어떤 일이 있어도 지켰다. 한 끼 먹는 것도 신통치 않던 시절, 육체적 고통은 상상을 초월했지만 그는 결코 쓰러지지 않았다. 낮에는 집에서 농사를 짓고 밤에는 교회 건축현장으로 달려가 밤을 새우다시피 하는가 하면 새로 부임하는 목회자들의 가사는 물론 이른 새벽, 주인도 없는 신도의 논으로 달려가 모내기 일을 해 놓고 돌아오기도 했다. 이런 선행이 온 동네로 퍼져 의리의 사나이로 불리기도 했다. 특히 목회자에 대한 섬김이나 노력봉사는 가히 타의 추종을 불허했다. 어느 날 자신이 믿고 따르던 전도사가 이웃 교회에서 목회를 위협받을 정도로 궁핍한 생활을 한다는 소식을 듣고 집안일은 거들떠보지도 않고 보따리를 싸고 전도사가 사는 동네로 이사를 가서 맨손으로 야산 5000여 평을 개간하는 뚝심을 발휘하기도 했다.

사라져버린 여동생

전도의 열기가 최고조로 달리던 어느 날은 자신이 돌보고 있던 청년이 사소한 문제로 동네 사람들의 입방아에 오르자 모루산 정상에 올라 60일간의 철야기도를 하는 등 그의 신앙심은 곳간에 양식이 채워지듯 깊이를 더해 갔다.

이런 가운데 박 회장은 초등학교 시절 학생회장 선거에서 자신이 양보했던 김용응을 3년 만에 다시 만나게 된다. 이번에는 총학생회장이 아니라, 동창회장 선거에서 맞붙어 박 회장이 압도적인 표 차이로 당선된다. 고등학교 제복을 입고 우쭐대는 친구보다 다소 부족해보이지만 겸손해 보이는 박 회장에게 표를 몰아준 것이 아닌가 하는 생각이 들었다.

박 회장이 스무 살이 되던 해다. 이때까지 그는 자신의 눈을 고치겠다는 꿈만 꾸었을 뿐 병원 문턱조차 가보지 못했다. 그러던 터에 서울에서 공장생활을 하던 막내 여동생이 긴급 호출했다. 공장에서 눈칫밥을 먹으면서 한 푼 두 푼 모아 둔 돈으로 박 회장의 눈을 고쳐주겠다고 한 것이다. 가난과 장애에 대한 열등감으로 가슴아파하던 오빠의 한을 풀어주고 싶었던 여동생의 갸륵한 마음에 그는 감격의 눈물을 흘렸다. 어둠의 자식으로 살아온 20여 년의 그림자는 걷힐 수 있을까. 박 회장은 여동생과 함께 서울의 안과병원 이곳저곳을 찾아다녔지만 거의 비슷한 진단이 나왔다.

"눈동자는 깨끗한데 20년 동안 사용하지 않아 시신경의 기능이 매우 약해졌습니다. 특히 눈꺼풀 시신경이 마비되었는데 시신경을 살릴 수 있는 기술이 아직 없습니다. 다만 이마 신경을 근육과 연결해 눈꺼풀을 인위적으로 움직이게 할 수는 있습니다."

드디어 그토록 고대하던 수술을 마치고 일주일 뒤 실밥도 풀었다. 한쪽 눈이 거의 감겼던 그의 눈은 기대만큼은 아니지만 '50%'에서는 다소 벗어났다. 이때부터 비로소 박 회장은 자신감도 생기고 그간의 상처도 조금씩 치유가 되기 시작한다. 그가 군 생활을 하던 중 죽는 날까지 잊지 못할 그런 여동생에게 사고가 터졌다. 1968년 어느 날, 당시 제주 우체국에서 주민등록증만 고향으로 배달되었을 뿐, 여동생이 바람처럼 사라져버렸다는 것이다. 당시 박 회장은 군복무 중이라 아무런 손을 쓸 수도 없는 상태에서 발만 동동 구르다가 말았다. 오빠의 한을 풀어주고 세상 어디론가 사라진 여동생에게 정작 박 회장은 아무런 힘이 되어주지도 못한 채 가슴에 또 하나의 한을 쌓고 말았다.

어처구니없는 인생

박 회장은 1964년 결혼을 한 뒤 이듬해 첫딸을 낳았다. 그리고 1966년 느닷없이 군 입대 영장이 나왔다. 당시 호적의 나이는 23세지만 그의 본래 나이는 27세였다. 출생신고가 4년 늦게 된 탓이다. 그의 눈은 '외눈박이'였고 시력도 0.3에 불과했다. 누가 봐도 군은 면제라고 생각됐다. 그래서 박 회장도 잠시 수용연대에 다녀온다는 말을 남기고 집을 나섰다가 발목이 잡히고 만다. 신체검사를 받았지만 군의관은 "한쪽 눈의 장애가 군 생활을 하지 못할 정도는 아니다"며 입대여부를 결정하지 않은 것이다. 박 회장은 보름동안 대기상태로 있다가 군의관의 의심을 사느니 차라리 입대하는 것이 낫겠다는 생각을 한다. 궁리 끝에 재검사를 요청, 신체검사에서 사물이 보이지 않는 것을 보인다고 거짓으로 둘러대 결국 논산훈련소에 입소한다. 박 회장은 당시 그야말

로 "어처구니없는 일이었다"고 술회한다. 6주간의 훈련을 마치고 최전
방 부대로 배치된 그는 얼떨결에 사회에서 면서기를 했다고 둘러대 서
무계에서 군 생활을 하게 된다. 허나 스물일곱에 시작된 그의 군 생활
은 고통 그 자체였다. 늘 두고 온 딸과 아내가 눈에 밟혀 단 하루도 편
안하게 잠드는 날이 없었다. 그는 3년간의 군 생활을 하면서 2년간 단
하루도 빼놓지 않고 일기를 썼다. 1968년 그 해의 기록을 모아 2013년
'어느 병사의 일기'라는 제하의 책을 펴내기도 했다.

"월남을 한번 가고 싶다. 한 잎의 낙엽 같은 인생을 좀 더 짧고 굵게 살아
보고 싶다. 넓은 세상을 경험해 보고 싶다. 전장에서 생명의 존엄성도 삶
의 보람도 체험해보고 싶다. 이곳은 전장이 아니란 말이냐. 같은 고생을
하고 고달픈 생활을 할 바에는 창해를 한번 떠다니며 체험의 인생이 되고
싶다."〈2.17일 토요일 맑음〉

"집 없는 달팽이 모양으로 남의 집에서 해산을 해야 하고 부모형제도 없
는 것처럼 수백리 타향에서 부모도 없이 아니, 남편도 없이 생산을 해야
했던 것을 생각하니 정말로 마음이 불안하기 짝이 없다."
〈4.27일 토요일 맑음〉

"세상에서 배우지 못해서 멸시 받는 것처럼 통분한 게 또 어디 있을까?
입에 붙은 말처럼 배워야 산다고 하고 잠꼬대처럼, 혹은 풍월과 같이 배
워야 산다고, 나는 오늘 또 사람은 배워야 한다고 뼈저리게 느껴본다, 가
슴 아프게 원망스러운 심정, 몸부림쳐도 울어도 과거는 바람과 같이 사라
져간다."〈1968년 7월 5일 금요일 흐림〉

28세의 군인 박경진의 일기장에 나온 대목이다. 그가 군 생활 2년

간 쓴 일기장을 더듬어 보면 초등학교 출신의 문장이라곤 상상이 되지 않는다. 한문 실력 역시 서당 훈장에 버금갈 정도다. 박 회장은 군 생활을 하면서 흔한 욕설 한마디 않고 무슨 일이든 솔선수범했다. 그는 동료들 보다 나이가 너댓 살 많았지만 동료가 휴가를 나가게 되면 용돈을 손에 쥐어 주고 주일날 금식미를 모아 불우한 동료를 챙기기도 했다. 3대 독자에 홀어머니를 모시고 있는 동료의 휴가를 챙기는 것도 마찬가지. 특히 어려운 형편의 동료들에게 친구나 형님이 되어주고 상담역할까지 했다. 1968년 9월 11일 병영일기에 "김삼관이가 500원을, 유덕영이가 200원을 봉투에 넣어주고 달아난다. 파견 나갔던 김배상이 금일봉을 넣어 보내왔다"고 기록돼 있다.

당시 봉급이 520원이던 때다. 그는 돈 씀씀이도 남달랐다. 이미 제대를 한 동료에게 봉급을 모아 성경책을 사서 보내고 지인들을 동원해 취직을 알선하기도 했다. 동료들은 "모래사막에서도 살아남을 사람"이라고 칭찬했다. 그에게 잊지 못할 사연이 하나 있다. 당시 원주에 살고 있던 동료 윤봉기의 결혼식을 참석하지 못해 두고두고 한이 됐다고 한다. 박 회장이 제대 후 철거민촌에서 살다보니 축의금은커녕 끼니를 걸러야 하는 상황이었기 때문이다. 그날의 아쉬움으로 나이가 들어서 지금까지 수십년 째 그의 결혼기념일을 챙겨주고 있다.

이것만이 전부가 아니다. 그는 군 생활을 하면서 서무계의 위력(?)을 동원해 동료의 월남 파병을 돕기도 했다. 당시 독자인 경우 월남 파병이 금지됐기 때문이다. 김용영은 월남 파병이 끝난 뒤 독일 광부로 나가 돈을 벌어 박 회장이 막내아들을 낳았다는 소식에 이국땅에서 축의금을 보내주기도 했다. 이 돈으로 박 회장 부부는 시장에 나가 담요를 샀는데, 지금까지 50여 년을 보관하고 있다고 한다. 이런 박 회장에게 수많은 동료들이 찾아왔지만 철거민촌에서 거지꼴로 살고 있는 박 회장의 모습을 보고 다들 발길을 끊는 아픔도 겪었다는 회고다. 박 회장은 "당시 내가 조금 잘 살았더라면 군대에서 만난 친구들을 잃지 않았을 것"이라며 아쉬워했다.

박 회장은 그의 말대로 "어처구니없게 군 생활을 하게 됐지만 이 과정에서 나이와 학식, 재능과 인물을 초월하는 계급사회 경험을 했고 사람 사는 세상의 이치를 터득했다"고 고백했다.

위대한 생애 캘린더가 준 선물

결혼은 했지만 살림은 늘 쪼들렸던 박 회장. 무엇보다 아버지의 가난을 그대로 물려받는다는 것이 더욱 괴로웠다. 1969년 제대를 한 뒤 곧바로 이불보따리와 수저, 냄비, 그릇 몇 개를 챙긴 뒤 가족들을 데리고 서울로 올라왔다. 우선 철거민촌인 난곡동 산비탈에 3평짜리 오두막을 짓

고 서울살이에 들어간다. 그러나 서울의 거리는 삭막했다. 따뜻한 기운이라곤 눈을 씻고 봐도 보이지 않았다. 미곡상 쌀 배달을 시작으로 양말, 메리야스 등 보따리상을 거쳐 수저, 식칼 등 주방용품을 도매로 떼어다가 파는 리어커 행상은 물론 페인트공, 막노동에 이르기까지 닥치는 대로 살아야 했다. 10년 동안 25번의 이사를 하면서 투잡 쓰리잡을 가리지 않았다. 그의 아내도 아이들을 돌보면서 밤에는 철거민촌 산중턱으로 건축용 모래나 연탄 배달을 하는가 하면 달밤 차떼기도 마다하지 않았다. 이들 부부는 그렇게 밤낮을 가리지 않고 살아남기 위해 발버둥쳤지만 그들의 삶은 달라진 게 없었다. 달라진 건 막내아들을 낳아 다섯 식구가 된 것 뿐. 오히려 손대는 일마다 사고가 터지기 일쑤였다. 한 번은 페인트칠 공사를 했다가 사단이 나고 말았다. 대문과 처마 등 색깔을 구분하지 못해 주인의 요구와 반대로 페인트 공사를 해버린 것이다. 자신이 적록색맹인 것을 깜박했던 것. 결국 막노동 현장으로 다시 돌아가야 했다.

하루는 무작정 집을 나섰다가 길가에서 땅을 파고 있는 사람들에게 다가가 "제가 오늘 할 일도 없고 마침 어깨가 근질근질한데 땀이나 한 번 내보겠다"며 곡괭이를 빌려 땀을 뻘뻘 흘리면서 공짜로 일을 해줬다. 이렇게 일자리를 얻어 잠시나마 가족들의 허기진 배를 채워야 했다. 그러던 어느 날, 해가 뉘엿뉘엿 넘어가고 있었다. 문패 달아주는 가방을 둘러메고 집으로 돌아가던 길에 캘린더 영업사원을 모집한다는 광고를 보고 곧장 인쇄소로 들어갔다. 이날 캘린더 샘플을 몇 개 들고 인근 약국으로 향했다.

"신년도 달력을 만들어서 약국에 오는 손님들에게 나누어주면 많은 홍보가 될 수 있습니다."

박 회장에게 죽으라는 법이 없었는지 이날 한 장짜리 캘린더 200매를 주문받았다. 신이 났던 박 회장은 건어물상회, 생필품가게, 한복집, 쌀집, 정육점 등을 밤늦게까지 돌아다녔다. 그렇게 시작한 캘린더 영업이 자신의 운명을 바꿀 것이라곤 이때까지 전혀 생각지 못했다. 쌀집에서 한 달 일한 봉급이 쌀 다섯말인데, 약 3개월 영업을 해서 얻은 봉급이 무려 쌀 20가마라는 놀라운 성과를 내면서 그에게 새로운 인생이 시작된다. 1976년 종로 방산시장 내 7평 규모의 사무실에 진흥문화사라는 간판을 내걸었다.

이후 1982년 그는 일본의 캘린더 회사를 견학했다. 당시 연간 1500만 부의 캘린더를 생산하는 대형업체였다. 무엇보다 회사대표의 사람 대하는 태도가 겸손했고 회사를 검소하게 운영하는 모습을 보고 충격을 받았다. 이때 받은 충격은 이듬해 유럽여행으로 이어진다. 1983년 박 회장은 빚을 내 3주 동안 여행을 하면서 필름, 책, 슬라이드, 성화 등 기독교 문화와 관련된 물건을 닥치는 대로 사들였다. 캘린더 사업을 위한 밑그림을 염두에 두었던 것이다. 당시 캘린더는 국내에서 2만 부만 팔려도 대성공이었다. 박 회장은 유럽에서 사온 그림을 다시 그려 성화와 붓글씨, 성구를 넣은 캘린더를 제작, 그해 자그마치 53만부를 파는 등 공전의 히트를 쳤다. '위대한 생애'라고 하는 캘린더 이름이 가져다 준 선물이 바로 오늘날 진흥문화의 모태가 됐다. '박경진'이라는 사업가도 이때서야 비로소 세상에 위용을 드러낸다. 현재 진흥팬시, 진흥갤러리, 진흥홀리투어, 진흥기독백화점, 도서출판 진흥 등 10여 개의 계열사를 둔 중견그룹으로 성장했다.

당시 유럽여행에 동행했던 초등학교 동창생은 박 회장에게 "너와 내가 똑같이 여행을 갔는데, 너는 그 여행을 통해 오늘의 진흥을 일구었다"며 "너의 안목과 결단은 탁월했고 적중했다"고 밝히기도 했다. 박 회장은 20여 년 전에 일선에서 물러났고 그 뒤를 박 회장의 큰 아들인 박형호 사장이 대를 이어 사업을 이어가고 있다.

또 하나의 가족, 해외입양아 사업

"미국에 한 소녀가 있었습니다. 그 소녀에게 미국인이 자주 묻는 말이 있었어요. 너는 어느 나라 사람이냐고 물었어요. 언어는 분명히 완벽한 영어인데… 외모가 동양인이기 때문이지요. 그때마다 많이 망설였어요. 동양의 제일 큰 나라 중국인이라고 할까? 아니면 일등국민 일본인이라고 할까. 아니면 한국인? 정체성이 흔들렸어요. 그러나 이번 프로그램에 참여하면서 그동안의 모든 갈등이 풀렸어요. '나는 중국인도 일본인도 아닌 바로 대한민국 사람이다. 그리고 당연히 입양아다', 그 소녀는 이제 당당히 말할 수 있어요."

1999년 해외입양아 초청 대상자였던 사라 모르간(당시 18세) 양이 행사 마지막날 눈물을 글썽이며 감상문을 읽어 내려가던 장면이다. 박 회장이 해외입양아 모국방문 사업을 한 것은 1996년으로 거슬러 올라간다.

당시 회사 창립 20주년 기념행사로 진행됐다. 사람도 스무살이 되면 성년으로 책임을 지듯이 기업도 사회책임을 져야 한다는 의무감에서 비롯됐다. 그간 사업을 위해 해외를 다니면서 수많은 입양아들의 고통과 번민을 생생하게 목도했던 것도 그 이유 중의 하나다.

하지만 진흥문화에도 IMF라는 광풍이 불어닥쳤다. 박 회장은 자신이 타고 다니던 승용차를 팔아서 회사 경리과에 입금시키는 등 자린고비 경영에 돌입했다. 문제는 1996년부터 진행해온 해외입양아 모국방문 행사를 앞두고 이를 계속 진행할지를 놓고 고민을 하고 있었다. 박 회장은 회사가 다소 어렵더라도 이 사업만큼은 중단하고 싶지 않았다. 하지만 경영자의 독단은 어려울 때일수록 독이 될 수 있다. 그래서 사원들을 대상으로 여론조사를 했다. 예상과 달리 반대 여론이 70%였다. IMF로 인해 거리로 내몰리는 국내의 어린아이들도 부지기수인데, 굳이 무리하게 돈을 들여 입양아 초청사업을 해야 하느냐는 것이었다. 박 회장은 직원들의 냉정함이 서운하기도 했지만 사원들의 뜻을 존중해 초청을 중단했다. 그러나 그해 8월 박 회장과 무관하게 미국의 한 단체에서 자비로 23명의 입양인이 한국을 방문하는데, 박 회장에게 "한국문화와 역사에 대한 특강만 해달라"고 하소연하면서 가까스로 사업을 이어가게 된다. 해외입양아 모국방문 사업이 피할 수 없는 자신의 운명, 즉 하나님의 사명 같은 힘이 느껴졌다는 설명이다.

한국의 우수한 문화 알려야

박 회장은 "6·25전쟁으로 잿더미가 된 가난한 나라 후진국이 45년 만에 선진국들과 어깨를 나란히 하는 경제대국이 됐다"며 "동방의 한 미개한 나라가 아닌, 반만년의 유구한 역사와 독창적인 문화를 가진 우수한 민족이라는 사실을 해외입양아들에게 보여주고 싶었다"고 말했다. 즉 입양아들이 정체성을 찾아 세계 각국에서 활동하면서 한국인이라는 긍지와 자부심을 가져야 한다는 취지였다. 이런 가운데 페루의 후지모리가 대통령으로 당선되면서 박 회장의 해외입양아 사업에 대한 꿈은 더욱 부풀어 갔다. 당시 일본인들은 후지모리가 당선되자 자긍심이 하늘을 찔렀다. 박 회장도 한국인 2세나 입양아 중에서도 후지모리 같은 큰 인물이 나올 수 있을 것이라는 기대를 하게 된다.

그는 통역을 위해 영어회화 실력을 갖춘 사원을 채용하는 한편 관련 기관과 단체를 찾아다니는 등 발품을 파는데서 부터 매년 수천만 원의 행사비용을 충당했다. 지금까지 대략 500여 명의 입양아들이 한국을 방문했다. 입양아 모국방문 프로그램은 서울의 고궁과 유적지를 비롯해 대학 캠퍼스, 청와대, 한옥마을, 한국민속촌, 설악산, 동해안, 산업체, 제주도, 경주 역사문화 유적지 등 보름동안 전국을 투어한다. 여기에는 홈스테이를 비롯해 사물놀이 · 다도 · 전통예절교육 · 태권도 등 다양한 문화체험과 함께 인사동 전통거리, 풍물시장 등을 둘러보기도 한다. 당시 입양아 모집은 주로 미국의 코리아 소사이어티(Korea Society)에 의뢰했다. 나이는 18~28세로 제한하되 한국에 와보지 않은 이들을 우선적으로 모집해달라고 요청했다. 아울러 대도시보다는 소도시에 살며 한국문화를 접해보지 못한 사람을 우선하는 원칙을 세워서 진행해왔다.

부모가 우리를 팔아먹었어요

박 회장이 기억하는 또 다른 사례. 아홉 살에 입양됐다가 17년 만에 모국방문길에 오른 데니스라는 청년이야기다. 한국말을 조금이라도 할 수 있을 것이라는 관계자들의 예상은 여지없이 빗나갔다. 데니스는 생모를 비롯 형제들을 만났지만 눈물만 보일 뿐 입을 열지 않았다. 관계자들은 발을 동동 굴려야 했다. 데니스는 열세 살 된 누나와 함께 미국의 한 가정에 입양됐다. 말이 통하지 않고 음식도 입에 맞지 않아 이들 남매는 공포에 질려 있었다. 자신들의 집으로 돌아간다는 것은 상상조차 어렵다는 것을 어렴풋이나마 짐작할 수 있는 나이였다. 어린 남매는 정신을 바짝 차려야 살아갈 수 있다고 생각했다. 그들은 방구석에 쪼그려 앉아 비장한 각오를 했다.

"우리가 살아남기 위해서는 우선 말을 배워야 해, 그러기 위해서는 한국말을 버리고 미국말을 배우자. 이제 오늘부터 한국말을 쓰는 사람에게 알밤을 주기로 하자."

어린 남매는 이렇게 야무진 결심을 하고 실행에 옮겼다. 한없는 원망과 눈물, 그리움으로 어린 시절을 보내야 했던 이들 남매는 세월과 함께 '어머니'라는 단 한 마디까지 잊어버렸다.

데니스의 입이 터진 것은 생모의 회고 한마디 때문이었다.

"당시 너의 아버지는 폐결핵으로 누워 있었고, 끼니를 걱정해야 할 정도로 가정형편이 어려워져 나의 반대도 불구하고 작은 아버지가 나서서 입양을 보냈단다. 그런 이유로 마음의 병을 얻어 지금껏 고생을 하고 있단다."

이 말을 듣는 순간 데니스는 눈물을 흘리며 입을 열었다. "나는 지금까지 부모가 우리를 팔아먹었다고 생각했어요. 아무리 어려워도 어떻게 자식을 버릴 수 있을까 하고 원망을 많이 했어요. 이제 조금이라도 이해할 수 있을 것 같아요."

생모와의 극적 화해는 이렇게 해서 이뤄졌다. 대다수 입양아들에게 따라다니는 정체성 문제는 이런 작은 오해에서 비롯된다는 사실을 반증한다. 박 회장이 벌이는 해외입양아 모국방문 초청행사의 당

위성이 바로 여기에 있다. 지난날 가난 때문에 달팽이 생활을 하면서 울어야 했던 박 회장은 이제 자신보다 타인을 위한 봉사와 나눔의 삶을 실천하겠다는 의지다. 환갑잔치를 하지 않은 대신 1억원을 쾌척해 진흥장학재단을 설립한 뒤 성수동 건물을 국가에 기부 체납했다. 여기서 나오는 연간 9000만원 가량의 임대수입은 모두 장학기금으로 사용되고 있다. 최근에는 그가 태어난 고향마을의 노인회관 건물 외벽과 내부 리모델링 공사비 2000만원을 기부하기도 했다. 그가 20년 전 살았던 아파트는 이미 왕십리 교회 신축헌금으로 사용됐고, 현재 살고 있는 아파트도 그가 다니고 있는 교회 앞으로 명의를 등기해 놓았다. 박 회장 부부가 세상을 떠나면 교회 관사로 쓰라는 취지다. 어차피 인생이란 빈손으로 왔다가 빈손으로 돌아가는 법. 하나님의 부름을 받고 천국의 문으로 들어가는 것이 그의 마지막 바람이자 꿈이라고 했다.

"사람이 존재하지 않고 기업은 존재할 수 없습니다. 기업이 바로 사람인 셈이죠. 삼구의 기본 바탕은 인격존중에 있습니다. 현장 직원일지라도 만나면 언제나 정중히 인사하는 게 회사의 원칙입니다. 진심에서 우러나오는 인사는 상대방의 마음을 감동시킬 수 있는 힘이 있습니다."

구자관 삼구아이앤씨 책임대표사원

〈학력 및 경력〉

- 현 삼구아이앤씨 책임대표사원
- 서강대학교 경제학 석사
- 용인대학교 경찰행정학대학원
- 용문고등학교
- 제5대 도산아카데미 이사장(2020)
- 한국건축물유지관리협회 회장(2019)
- 한국HR서비스산업협회 11대 회장 (2014)
- 한국경비협회 13대 회장(2003)

〈수상〉

- 대한민국 창조경영인상(2013)
- 신지식인 경영대상(2011)
- 국민훈장 동백장(2007)
- 전경련 국제경영원 최우수경영인상 (2003)

구자관 삼구아이앤씨 책임대표사원

나의 꿈, 나의 인생별곡

구자관 책임대표사원 어머니

나의 꿈, 나의 인생별곡

아이스케키 통을 메다

살을 파고드는 추운 한 겨울 밤, 열다섯 소년은 깊은 잠에 빠져 들어 있었다. 이날따라 창문을 두드리는 바람소리가 유난히 무섭게 들려왔다. 어머니는 잠에 취해 곯아떨어진 아들의 얼굴을 쳐다 볼 수가 없었다. 밤늦게 집에 돌아와 쓰러져 잠든지 고작 서너 시간이 흘렀다. 조금 더 재우고 싶은 어머니의 마음은 굴뚝같았지만 어찌할 수 없이 어머니는 새벽 4시 반에 아들을 흔들어 깨웠다.

"어머니! 나 조금만 더…"

"지금 일어나야 제 시간에 공장 갈 수 있어."

승강이 끝에 아들은 눈을 비비며 자리에서 일어났다. 비가 오나 눈이 오나 어머니는 모질게 아들을 일으켜 공장으로 내보냈다. 두어 시간 걸어 공장에 도착한 아들은 아침 6시부터 꼬박 10시간가량 공장에서 걸레를 만들었다. 오후 4시쯤 그는 책가방을 들고 공장을 빠져 나와 야간학교로 달려갔다. 그래야 지각을 면할 수 있었다. 공장에 나가 돈을 벌지 않으면 야간학교는커녕 굶어 죽기 십상이었기 때문이다. 가난은 이렇게 어린 아들이 그토록 갈망하는 공부와 꿈을 짓눌러 댔다. 어머니는 어린 나이에 무거운 짐을 진 아들을 볼 때마다 늘 죄스러웠고 종종 가슴으로 눈물을 삼키곤 했다.

> "내가 평생 너를 키우면서 가장 힘들고 가슴 아팠던 것은, 그 새벽에 너를 깨우는 일이었다, 그것이 내 평생에서 가장 힘들었고, 그래서 많이 아팠다."

그는 1944년 7남매 중 다섯째로 태어났다. 해방 이후 전쟁에 대한 기억이 지금도 선명하지만 언젠가 부터 '가난'의 아픔만 남아 있다. 그의 아버지는 전쟁 이후 양계장을 하다가 실패한 뒤 고무공장을 차렸지만 모두 실패했다.

일곱 남매는 외갓집과 고모집 등 친척집으로 흩어져 동생과 누나는 남의 집 눈칫밥을 먹어야 했다. 그럼에도 자전거에 자신의 몸무게 몇 배나 되는 자재를 싣고서 영등포 공장과 미아리 공장을 오가며 아버지 일을 도왔다. 이렇다보니 학교를 가지 못하는 날이 태반이었다. 그는 1958년 초등학교를 졸업했다. 동갑내기인 외사촌 다섯 형제들도 같은 날 졸업을 했다. 졸업식장에서 그는 빈손으로 돌아왔다. 졸업생 모두가 받는 졸업장을 받지 못한 것. 눈물이 볼을 타고 흘러내렸다. 입에 풀칠하기도 어려운 가정 형편 때문에 월사금(月謝金)을 내지 못했기 때문이다. 며칠 뒤 그는 사촌들이 교복을 입고 중학교에 입학하는 모습을 지켜봐야 했다.

이날 이후 그는 낡아빠진 군복을 걸친 채 메밀묵 아이스케키 통을 어깨에 멨다. '메미일~묵'하고 외치는 앳된 목소리가 청계천과 미아리 골목으로 빨려 들어갔다. 춥고 어두운 겨울밤에 들려오는 이 목소리의 주인공이 구자관 삼구아이앤씨 책임대표사원이다.

그는 추운 겨울을 보내고 난 뒤 봄이 오면 메밀묵 통을 구두통으로 개조해 거리로 나섰다. 여름에는 또 다시 구두통을 아이스케키 통으로 바꿔서 '아이스 께에~끼이~'하고 이 골목 저 골목을 누볐다. 한국전쟁으로 폐허가 된 잿더미 속에서 누가 아이스케키를 사 먹을 것이며 누가 한가하게 구두를 닦는단 말인가. 그렇게 푸념을 하면서도 이를 포기할 수 없었다. 그래야 살아남을 수 있으니까. 구 대표는 그렇게 계절이 바뀔 때마다 통을 바꿔가며 가난과 싸우고 자신과 씨름했

다. 그럼에도 공부에 대한 갈증은 더욱 강해졌다. 정릉천 변에 한 교통경찰관이 세운 천막학교를 다녔다. 일명 야학이다. 그는 서울대를 다니는 야학 선생님에게서 영어를 배우고 산수를 깨쳤다고 회고했다.

어두운 밤길에서 희망을 만들다

1960년 어느 날 밤, 구 대표는 행상에서 돌아온 어머니에게 학교를 가고 싶다고 하소연했다. 당시 외갓집 동갑내기들은 모두 고등학생이 되니 그럴 만도 했다. 어머니의 가슴 속은 시커멓게 타고도 남았다. 우여곡절 끝에 구 대표는 동대문동에 있는 용문고등학교(당시 강문고등학교)에 들어간다. 당시 야간반은 중학교 졸업장이 없어도 월사금만 있으면 입학할 수 있었다. 미아리에서 돈암동까지는 걸어서 두어 시간 가량. 그는 돈암동에 있는 걸레공장에 다녔다. 개천 둑에 임시로 지어진 걸레공장은 지독한 냄새로 코를 찌르곤 했다. 출근 첫날부터 사단이 났다. 공장주인이 구 대표의 따귀를 올려붙이기도 하였고 교복을 입고 등교하는 구 대표를 나무라곤 하였다. 다른 직공보다 이른 시간인 오후 4시 퇴근하는 그의 뒤통수는 늘 간지러웠다. 몇몇 직원들마저 "이런 형편에 뭔 공부냐"며 안타까워했다. 이럴 때마다 그는 더욱 이를 악물었다. 그나마 두세 살 위 여공들이 풀이 죽은 구 대표를 종종 위로해 힘을 낼 수 있었다.

그는 공장에서 학교까지 버스를 타고 다녔다. 버스비가 아까웠지만 버스를 타야만 지각을 면할 수 있었다. 수업을 마치고 나면 학교에서 집까지 50여 킬로미터를 걸었다. 집에서 공장, 학교에서 집까지 한 달간 걸어 다니면 버스비 500원을 절약할 수 있었다. 그렇게 이 돈을 아껴 부모님 몰래 단테의 〈신곡〉을 비롯해 괴테의 〈파우스트〉, 세르반테스의 〈돈키호테〉 등을 사서 읽으며 희망의 사다리를 만들어갔다. 걷는 시간도 그냥 흘려보내지 않았다. 영어단어장을 손에 꽉 쥐고 새벽과 어두운 밤길을 외롭게 걸어 다녔다.

"책을 볼 수 있다는 것 자체가 감동이었습니다. 한 권 한 권 사서 읽다보니 3년 동안 36권을 모을 수 있었어요. 지금 생각해보면 그때의 공부가 가장 오랫동안 기억에 남는 것 같습니다."

1963년 그는 생애 처음으로 고등학교 졸업장을 손에 쥐었다. 꿈만 같았다. 공장에서 갖은 설움을 딛고 받아낸 보증수표가 아니던가. 하지만 금쪽같은 졸업장을 받으면 뭐든 할 수 있겠다 싶었지만 그가 할 일이라곤 공장에서 걸레와 빗자루를 만드는 일이 전부일 정도로 취직하기가 힘들었다.

게다가 4.19혁명과 5.16군사 쿠데타가 터지면서 정세는 불안하고 미래 또한 어두웠다. 그래서 결국 고등학교를 졸업하자마자 군에 입대를 했다. 그가 복무한 곳은 강원도 원통 11사단이다. 1968년 제대를 하고 집에 돌아와 보니 그가 살던 집에는 빨간 딱지가 붙어 있었고 아버지가 하던 청소용 솔 공장은 도산 직전이었다. 구 대표는 팔을 걷어 부치고 아버지 사업을 거들었지만 생각보다 쉽지 않았다. 무학이었던 어머니는 무척이나 현명한 분이었다. 당시 대다수가 문맹이었지만 어머니는 한문과 한글을 읽고 쓸 줄 알만큼 세상 돌아가는 이치를 꿰뚫고 있었다.

멀건 수제비로 연명한 어머니

구 대표는 10대 소년시절 늘 녹초가 되어 밤늦게서야 집으로 돌아왔다. 그럴 때마다 어머니는 통밀가루로 만든 수제비를 밥상에 올리곤 했다. 멸치 몇 마리로 육수를 낸 멀건 수제비였다. 어머니는 아들에게 건더기를 퍼주고 정작 자신은 짜디짠 수제비 국물로 배를 채웠다. 그러던 어느 날, 아들이 집에 돌아와 보니 어머니가 혈압으로 쓰러져 있었다. 제때 제대로 된 치료를 받지 못한 어머니는 불행히도 반신불수가 되어 버렸다. 아버지의 정성스러운 간호 덕분에 경우 병세가 회복되는가 싶더니 또 다시 넘어지는 사고를 당해 대퇴골이 부서지고 말았다. 이때부터 어머니는 앉아 있을 수가 없게 됐다. 당시 좌변기가 설치되지 않은 화장실이다 보니 용변 보는 일조차 고통이었을 것이나 그런 고통을 어머니는 가족 어느 누구에게도 얘기하지 않았고 구 대표 역시 어머니의 화장실까지는 생각지 못했다. 급기야 구 대표 27세 때인 1970

년, 아버지가 심장내막염으로 세상을 등진 데 이어 1974년 어머니마저 돌아오지 못할 강을 건너고 말았다. 고아가 된 구 대표는 정신이 번쩍 들었다. 그는 "지난날 당신은 늘 멀건 수제비 국물만 드신 게 병을 키운 게 아닌가"하는 죄책감으로 눈물을 삼키곤 했다. 이런 애틋함 때문일까. 팔순을 바라보는 나이에도 그는 늘 부모님 사진을 품속에 넣고 다닌다. 가난과 배고픔의 골짜기에서 한숨지어야 했던 부모님을 단 한 순간도 원망하거나 잊을 수가 없다고 그는 회고한다.

구 대표는 어느 날, "청소용 왁스만 팔지 말고 건물 청소업을 하면 어떨까"하는 생각을 하게 된다. 1976년 당시 혼자서 남의 집 화장실 청소부터 시작해 식당과 빌딩 청소용역업에 뛰어들었다. 하지만 이윤은 적고 제조업을 할 때 생긴 빚의 이자 또한 감당이 되지 않았다. 빚쟁이들을 피해 식당과 빌딩의 변기를 닦으면서 발품을 팔고 다녔다. 당시 청소 용역업체들은 미군 부대에서 업자들이 빼돌린 군용 왁스를 사서 청소를 했다. 세관이 들이닥쳤다.

그는 장물아비로 몰려 세관에 끌려가 사흘을 두들겨 맞고 당시에 집 한 채 값에 해당하는 벌금 45만원을 내고 풀려나기도 했다. 당시만 해도 청소용역업은 허드렛일 정도로 생각됐다. 그 많고 많은 사업 중에 청소용역업이라니! 어떤 이들은 비웃기도 했다. 하지만 지금 생각해보면 어느 누구도 돈이 될 거라고 생각하지 않은 곳을 향해 눈을 돌린 구 대표만의 '블루오션'이었다

잠수교 교각을 들이받다

어느덧, 구자관도 가정을 꾸렸으나 가난의 사슬은 쉽사리 끊어지지 않았다. 결혼 후 아이들과 함께 살 집이 없어 아들과 딸을 친척 집에 보낸 적도 있다. 다른 가족과 한 집에서 산 경험도 있다. 심지어 35평형 아파트에 세 가족, 총 14명이 함께 살기도 했다. 남자들은 마루에 이불을 깔고 잤으며 아침마다 화장실 전쟁이 일어날 정도였다. 일 년에 여섯번을 이사할 정도로 그의 가족은 서울의 변방을 떠돌았다. 회사가 겨우 자리를 잡아갈 즈음, 구 대표의 공장에서 화재가 났다. 공장은 순식간에 화염으로 뒤덮였다. 청소용 자재를 조금이라도 건지겠다는 욕심 때문에 구 대표는 시커멓게 타오르는 불길 속으로 뛰어들었다. 눈을 떠보니 을지로의 한 병실이었다. 손가락과 팔이 달라붙은 채 온 몸이 그야말로 녹아버렸다. 몸뚱아리 3분의1이 화상으로 엉망진창이 되었다. 수세미로 오그라든 살을 밀어내는 고통은 형극이나 다름없었다는 그의 회고다.

"퇴원하면 손가락이 펴지기는 할까요?"

"지켜봐야 한다"고 퉁명스럽게 내뱉고 돌아서는 의사가 야속하기만 했다. 큰 재난 앞에서 인간의 무기력함을 다시 한 번 확인할 뿐… 그는 기적처럼 한 달 만에 병원 문을 나와 공장으로 나갔다. 피와 다름없는 공장은 잿더미가 쌓여 있고 사무실은 빚쟁이들이 할퀴고 간 자국만 선연했다. 회사 장부에는 빚만 8000여 만원. 한숨 그 자체였다. 보험회사 다니는 친구를 불러 보험을 들었다. 1억2500만원짜리 사망보험에 가입했다. 구 대표의 속내를 모르던 친구가 1회 차를 대납했다. 어느 날, 구 대표는 장충동 대폿집에 들러 낮술을 퍼마신 뒤 빨간 포니 픽업을 몰고 잠수교로 향했다. 얼굴이 벌겋게 달아오른 구 대표는 엑셀레이터를 세차게 밟아 교각을 들이받았다. 픽업은 난간에 대롱대롱 매달렸고 그는 피투성이가 된 채 바닥으로 튕겨져 나갔다.

'죽음마저 뜻대로 안되는구나'라고 생각한 그는 이를 계기로 자신의 운명과 한번 제대로 붙어보자고 결심한다. 우리 주위에서 종종 하는 일마다 꼭 사고가 터지는 등 불운이 끊이지 않는 사례가 적지 않다. 구 대표 역시 "어쩜 이렇게 되는 일이 없을까"하고 신세타령을 하지 않았을까.

그러던 터에 미국에 살던 형님이 동생을 초청했다. 아버지의 길을 따라가는 동생의 모습을 더 이상 볼 수가 없었다. 고민 끝에 1982년 이민신청을 했으나 무려 7년만에서야 영주권 이민비자가 나왔다. 이러는 사이 그의 앞길에도 한줄기 희망이 보이기 시작했다. 1980년대 초 당시 정권은 초대형 행사를 많이 벌였는데 그 중 KBS가 주관해 우주과학 전람회를 열었다. 알루미늄 캔을 모아주면 한 개당 10원씩 쳐주었다. 청소사업은 적자였지만 깡통을 팔아 몇십 배 돈을 벌었다. 1981년 '국풍81'에 이은 축제장 청소입찰을 따냈다. 이날 축제의 주관사였던 KBS 실무자가 그의 성실함을 높이 평가했다. 여세를 몰아 KBS주관 모든 행사의 청소용역을 거머쥐었다. 하지만 가난의 사슬은 쉽게 끊어지지 않았다. 자녀들은 커갔고 공부는 시켜야 하겠고…
비자가 나오자 고민 끝에 1990년 미국행 비행기에 온 가족이 올라탔
다. 하지만 미국에서 구 대표가 해야 할 일이라곤 마땅치 않았다. 곧
바로 귀국한 구 대표는 청소용 하이타이 봉지를 들고 다시 현장으로
달려갔다.

지는 해는 잡을 수 없는 법

해가 서산으로 뉘엿뉘엿 넘어가고 있던 어느 날, 일을 서둘러 마
치기 위해 구슬땀을 흘리고 있는 구 대표에게 60세가 훌쩍 넘은 동료
아주머니가 말을 걸었다.

"사장님! 뜨는 해는 잡을 수 있어도 지는 해는 붙잡고 싶어도 잡을
수 없습니다."

"무슨 뜻입니까."

"일을 마치는 시간은 정해져 있습니다. 아침해가 뜰 때 일을 시작
하면 그날의 주어진 일이 많다 할지라도 정해진 시간에 책임을 완수
할 수 있지만 해가 지고 있는 시간에 일을 서두르면 오히려 일을 그
르칠 수 있습니다."

'정말 세상에 나보다 못한 사람이 없구나. 비록 남들이 싫어하는
청소를 하는 사람이지만 인생을 달관한 사람처럼 이런 멋진 말을 하
다니!' 구 대표는 이 짧은 한마디에 진한 감동을 받았다. 이날 이후 구

자관은 여직원들에게 '여사님'이라고 불렀다. 남자 직원은 '선생님'으로 불렀다. 이날 이후 사람을 보는 그의 눈도 달라졌다. 직원들의 대소사를 비롯해 자신이 할 수 있는 모든 정성을 쏟았다. 결혼은 물론 육아와 내 집 마련에 대한 일까지 세심하게 챙겼다.

그럼에도 또다시 위기가 닥쳐왔다. IMF의 파고를 피할 수 없었다. 매출은 두 동강이 났고 1800여 명의 직원들을 대상으로 구조조정을 단행해야 했다. 그러던 어느 날, 사무직 임직원들이 넥타이를 풀고 경비복에 청소도구를 든 채 청소 현장으로 달려가는 모습을 목격했다. 누가 시키지도 않았는데 직원들이 자발적으로 나섰다. 눈물이 핑 돌았다. 이후 삼구라는 회사는 구자관의 것이 아닌, 전 직원들의 땀과 눈물의 결정체라고 굳게 믿게 된다. 그의 아내와 친구들 앞으로 등기된 회사의 지분(47%)을 모조리 회수해 직원들에게 공짜로 나눠 줬다.

"사람이 존재하지 않고 기업은 존재할 수 없습니다. 기업이 바로 사람인 셈이죠. 삼구의 기본 바탕은 인격존중에 있습니다. 현장직원 일지라도 만나면 언제나 정중히 인사하는 게 회사의 원칙입니다. 진심에서 우러나오는 인사는 상대방의 마음을 감동시킬 수 있는 힘이 있습니다. 상대방의 인격을 존중하고 진심으로 위하는 마음을 가질 때, 임직원 모두가 어려운 상황을 극복하고 회사와 함께 공존할 수 있는 힘을 발휘할 수 있습니다."

구 대표는 내년 하반기를 목표로 상장을 준비한다고 했다. 하이타이 한 봉지와 양동이를 들고 음식점의 누런 변기통을 닦으면서 시작한 삼구는 이제 글로벌시장으로 눈을 돌리고 있다. 2019년 베트남의 아웃소싱 업체 맛바오(MATBAO)BPO의 지분 70%를 인수하면서 시동을 걸었다. 현재 베트남 소재 한국 기업은 대략 7000여개. 그만큼 잠재 고객이 많다는 의미로 향후 동남아 시장을 겨냥한 것이다. 지금까지 사업을 하면서 적지 않은 풍랑을 맞으며 살아온 구자관 대표. 그의 말대로 사업이든 인생이든 늘 아름답고 화려한 미래가 보장되는 것은 아니다. 늘 고통이 뒤따른다. 지난 2010년 카타르에서 처음 해외 법인을 설립했다가 낭패를 보기도 했다. 노하우가 없었고 무엇보다 현지의 문화를 이해하지 못해 수억 원의 손해를 보고 카타르 법인 문을 닫은 것이다. 이런 실패의 경험을 반면교사로 삼아 2015년 미국에 진출한 데 이어 중국과 폴란드, 헝가리 등으로 진출했다.

이런 가운데 2014년 또다시 창사 이래 최대 위기가 닥쳤다. 당시 삼구는 고양종합터미널건물의 청소용역 담당업체였다. 그런데 지하에서 공사를 하던 하도급업체가 불을 내 무려 9명이 사망하고 60여

명이 다친 대형 사고를 쳤다. 발주처인 대기업은 유가족 보상비 등 형사적인 책임만 지고 민사적인 책임에서는 쏙 빠지는 어처구니 없는 일이 벌어졌다. 문제는 사고를 낸 하청업체가 상가에서 영업을 하는 수많은 업체들의 물적 피해를 보상할 여력이 전혀 없었다는 점이다. 그러자 그 불똥이 삼구로 튀었다. 당시 수사결과 삼구의 책임은 '소방법 위반'이 전부였다. 구 대표는 사옥을 팔고 은행대출금과 사내 유보금을 합쳐 500억원을 조달해 놓은 뒤 법적 소송에 대응했다. 그렇게 7년의 세월이 흐른 상태에서 현재 대법원의 최종 판결을 기다리고 있다. 고법에서는 삼구가 승리해 일말의 희망이 없는 것은 아니지만 이 기간 동안 대출받은 금융이자만도 100억원에 이른다.

"공사에 대한 책임을 져야 할 대기업은 이리저리 법망을 피해 빠져나가고 힘없는 영세업체들만 모두 감옥 가고… 우리가 책임져야 할 소방법 위반(관리부실)이 얼마나 되겠습니까. 500억원이라는 엄청난 돈을 묶어두고 있으니 일할 맛이 나겠습니까."

그는 당시 "회사를 포기하고 싶은 심정이었다"며 우리나라 사법체계에 대한 분통을 터뜨렸다. 이런 가운데 삼구아이앤씨의 지난해 매출액은 1조6000억원, 고객사 550개사, 6개 해외법인(미국·중국/2개, 베트남·폴란드·헝가리) 등 계열사 27개에 직원만도 3만8000명이 넘는 중견기업으로 성장했다. 건물 등 시설관리에서부터 환경·보안·배송·물류·생산 등 이 회사의 업무영역은 방대하다. 국내 6만여 개 아웃소싱 업체 중 단연 1위로 타의 추종을 불허한다.

책임경영의 모델

11년인 전인 2010년 필자는 구자관 대표를 어렵사리 신대방동 사옥에서 만났다. 당시 구 대표는 이미 매출 1500억원 가량을 올리면서 중견기업의 반열에 올라섰다. 이쯤이면 젊은 시절의 상처가 아물지 않았을까 하는 생각에 운명에 대한 질의를 했다. 그는 "운명이요?"하고 필자를 물끄러미 쳐다보았다.

"단언컨대 운명 같은 거 없습니다. 보아하니 당신도 일이 제대로 풀리지 않아서 오신 것 같군요. 저보다 키도 크고, 기자를 하니 대학은 나왔을 테고… 그렇다면 저보다 모든 조건이 나은데 말이요. 저희 세대는 모두들 그렇게 고생하고 살았고 당연하게 받아들였습니다. 내가 맛보았던 불행과 불운은 저 하늘의 구름 같아서 결국은 바람 따라 달라지는 것에 지나지 않습니다. 나에게는 인생의 설계도 없으며 철학도 없습니다. 현명한 사람이든 그렇지 못한 사람이든 모두 고난을 짊어지고 살 수밖에 없지 않나 생각합니다."

11년의 세월이 흐르는 사이에 수차례에 걸쳐 조찬 포럼 등에서 구대표를 만났지만 긴 이야기를 할 수는 없었다. 그러다 지난 5월 11일 청계천 사옥에서 50분 가량 만났다. 여전히 90도로 허리를 숙인 뒤 반갑게 대기실로 들어왔다. 이미 몸에 배였다. 로키산맥 수목한계선에서 자란 '무릎 꿇은 나무'를 연상케 한다.

무릎 꿇은 나무

세계에서 두 번째로 긴 북아메리카의 로키산맥
3000미터의 높이에 수목 한계선이 있습니다.
나무가 자라느냐 그렇지 못하느냐 하는 경계선입니다.
여기는 바람이 매섭고 눈보라가 심해
식물이 도저히 뿌리를 내리지 못한 환경입니다.
그럼에도 특이한 형태의 나무가 자라고 있습니다.
심지어 꽃이나 잎조차 제대로 피우지 못한
세상에서 가장 천대받은 나무입니다.
이렇게 천대 받은 나무를 '무릎 꿇은 나무'라고 부릅니다.
키가 작고 뚱뚱하며 모양이 오그라들고 뒤틀려
꼭 사람이 무릎을 꿇고 있는 모습을
닮았다고 해서 붙여진 이름입니다.

그런데 이렇게 천대 받은 나무가 가장 공명(共鳴)이 잘되는
명품 바이올린 '스트라디바리우스'의 소재로 사용됩니다.
무릎 꿇은 나무가 세계 최고의 오페라 하우스에서
수많은 사람의 감동과 눈물을 자아내고 있습니다.
세상에 쓸모없는 사람이 없듯이 세상에 쓸모없는 존재는 없습니다.
모두 존재가치가 있습니다.
하찮고 불필요한 것은 하나도 없습니다.

고통과 눈물 없이 살아온 사람에겐 '사람의 향기'가 나지 않지만,
무릎을 꿇은 나무처럼 고난과 역경을 딛고 이겨낸 사람에게는
'사람의 향기'가 나는 법입니다.

---

*스트라디바리우스는 18세기에 이탈리아의 바이올린 마스터 안토니오 스트라디바리(1644~1737)와
그 일가가 만든 바이올린을 뜻합니다. 현재 전 세계적으로 600~700여 대가 남아 있다고 하는데, 보
존 상태가 좋은 스트라디바리우스 바이올린은 몇십억 원이 넘는 고가에 팔리기도 합니다.

1조6000억원을 올리는 중견기업의 대기실은 3평 정도의 작은 사무실에 불과했다. 대기실 한 쪽 벽에 현황판이 눈에 들어왔다. 계열사별 직원 수 및 매출액과 주요 고객, 전국 현장 등이 실시간으로 중계하듯 현황판에 공개되고 있었다. 11년 전보다 매출액은 대략 10배, 직원 수는 3배, 계열사 26개 등등… 이런 이유로 구 대표는 국내 중견기업 가운데 가장 많은 언론의 서포트라이트를 받았다고 해도 과언이 아니다. 이유는 간단했다. 바로 투명경영과 책임경영 등 삼구만의 독특한 문화가 언론의 지대한 관심을 끌어온 것이다. 구 대표의 명함에는 직책이 '책임대표사원'으로 돼 있다. 기업경영의 성과는 고생한 직원이 갖되 창업주인 자신은 책임만 지겠다는 뜻이 담겨 있다. 아마 국내 크고 작은 기업CEO 중 최초가 아닐까.

"저는 회사업무에 일절 간섭하지 않습니다. 철저하게 전문경영인 중심으로 경영을 합니다. 삼구의 방대한 조직을 제가 관리할 수 없기 때문에 전문경영인을 둔겁니다. 그래서 제가 이래라저래라 할 수 없는 구조가 우리 회사의 문화이자 회사를 키우는 동력입니다. 제가 임원이나 직원에게 뭔가를 간섭을 하면 '책임대표사원님, 저를 왜 여기에 앉혀 놨습니까?' 이렇게 이야기하라고 했는데 제가 이것을 뒤집을 수는 없는 것 아닙니까."

삼구의 자부심이 묻어 나오는 대목이다. 직원 2명으로 출발한 삼구는 중소기업을 거쳐 중견기업으로 성장하기까지 수많은 시행착오를 겪으면서 이런 독특한 삼구의 문화를 만들었고 또한 창업자 역시 이를 존중함으로써 기업경쟁력을 구축했다는 평가를 받는다.

"저는 직원을 한번 믿으면 끝까지 믿습니다. 연간 1조6000억원을 쥐락펴락 하는 자금담당 임원에게 단 한 번도 결재를 한 적이 없거니와 결재판도 본 적이 없어요."

구 대표는 직계가족이든 친인척이든 회사에 들이지 않는다. 3만 명이 넘는 회사직원 중 단 한 명도 없다. 1조6000억원 매출을 올리는 회사가 너무 야박한 것이 아닌가 할 정도다. 그는 자식들에게 경영권을 물려주는 일은 없을지도 모른다고 했다.

구 대표의 큰 처남이 청소용품 사업을 하고 있지만 지금까지 빗자루 하나 사준 적이 없다. 그렇다고 그의 아내가 자신의 오빠를 위해 청탁한 적도 없다. 구 대표의 스타일을 너무나 잘 알고 있기 때문이다.

구 대표를 제외하고 그의 아내와 두 자녀는 미국에 산 지 이미 30년이 넘었다. 그의 아내가 미국에서 작은 실내 골프연습장을 운영하는 한편 평화시장에서 옷을 떼어 보따리장사를 하는 등 사업수완을 발휘해 두 자녀를 탈없이 훌륭하게 키워냈다. 중견기업 CEO가 됐지만 지금껏 가족에게 생활비를 보낸 적도 없다고 한다. 한 가정의 가장이자 남편이면서 아이들의 아빠노릇을 전혀 못했다는 부끄러운 그의 고백이다. 그만큼 척박한 환경에서 기업을 일구었다는 반증이기도 하다. 삼구의 직원들이 회사일을 하면서 허투루 행동할 수 없는 이유가 녹아있는 듯했다. 구 대표의 개인 통장관리도 여직원이 한다고 했다.

"10년간 제 통장을 본 적이 없어요. 아파트의 관리비며 보험료 등 각종 공과금은 물론 기부금이나 경조사비, 용돈 등 모두 여직원이 알아서 합니다. 여직원이 내 통장에 들어있는 돈 좀 썼다고 칩시다. 그간 통장 관리하는데 수고했다고 생각하면 되잖아요."

지난해 11월 사단법인 도산아카데미 이사장을 맡은 구 대표. 도산 안창호 선생의 정신은 애기애타(愛己愛他), 즉 나를 사랑하고 남을 보살핀다는 뜻이다. 최근 도산아카데미 조찬 포럼에서도 구 대표는 "우리 세대와 달리 요즘 젊은 사람들이 도산 선생의 정신을 잘 모르는 것 같다"며 "김동연 전 부총리를 고문으로 영입해 도산아카데미의 외연을 넓히는데 주력하겠다"고 밝혔다.

구자관 대표는 50대 중반을 넘긴 뒤에서야 배움과 취미생활, 자선과 봉사활동을 꾸준하게 하고 있다. 50세에 골프를 시작했고 56세에 스키를 배우기 시작했으며, 61세에 용인대학교 경찰행정학과에 입학했다. 64세에 대학을 졸업했다. 가족들의 반대에도 불구하고 65세에는 할리데이비슨 오토바이를 타기 시작했다. 66세에 서강대학교 경제대학원에 들어갔고, 68세에 최고령 석사학위 취득을 했다. 새벽 5~6시에 하루를 시작해 밤 11~12시에 잠자리에 드는 것이 그의 일상이다. 올해 102세이지만 전국을 돌며 강연을 하고 있는 김형석 연세대 명예교수는 "정년을 한 뒤에 공부와 봉사, 그리고 취미생활을 하는 것이 젊게 사는 비결"이라며 "먼 길을 떠나는 사람은 어깨에 짐을 올리지 않는다"는 말로 노년의 삶에 대한 경구를 남겼다.

"산에 오르기 위해서는 무거운 짐을 산 아래 남겨두고 올라가야 합니다. 인간의 정신적 가치와 인격의 숭고함을 위해서는 소유의 노예가 되어서는 안 됩니다. 소유는 베풀기 위해 주어진 것이지 즐기기 위해 갖는 것이 아닙니다."

구 대표는 한 달에 18번 조찬행사가 있고, 매주 두 번 저녁에 철학 수업을 듣고 있다. 수업이 없는 날은 외부 미팅으로 대부분 저녁이 채워져 있다. "젊은 시절로 돌아가면 무엇을 하고 싶으냐"는 필자의 질문에 "다시는 옛날로 돌아가고 싶지 않다"는 구 대표. 그는 지난달 어버이날 아침에 어머니를 그리워하며 쓴 자작시 〈엄마〉를 필자에게 보내왔다.

엄마

빠~알간 진흙으로 다져진 부뚜막
거친 솔가지로 까~맣게 그을린
아궁이에서는
남은 솔가지가 마저 타느라 타닥거리고

매캐한 연기 때문일까?
하~얀 수건을
머리에 질끈 맨
엄마의 고운 눈가에는
눈물이 고이곤 했다.

겨울 삭풍에
하얀 눈꽃이 피었을 때도
엄마가 피워내는
붉은 듯 분홍빛 예쁜 매화향이
내 주변을 가득 채웠고

공연한 심술을 부릴 때에도
고운 눈 흘기시며
나를 업고 안고 얼러주시던 엄마

때로는 울고 웃는 내 마음을 만져주던
엄마~
진하디 진한 그리움으로도 모자랄 그립고
그리운 엄마를
나는 오늘도
내 가슴에 고이 넣어 둔다.

"우리는 코칭 전문기업으로 구성원들의 핵심가치는 자기성장입니다. 구성원들의 잠재력을 발휘하게 하고, 그들이 잘 돼서 선한 영향력을 주는 것이 목표입니다. 돈을 많이 벌고 매출을 많이 올리는 것보다는 구성원들이 자기성장에 승부를 걸도록 돕고 있습니다."

김영철 바인그룹 회장

〈학력 및 경력〉

· 서강대학교 경영대학원 졸업
· 초당대학교 졸업
· 동화세상에듀코 대표이사

〈수상내역〉

· 사회공헌기업대상 지역사회발전부문 (2018)
· 한국인간개발연구원 인간경영대상 교육부문(2015)
· 중소기업청, 중소기업중앙회 11월의 자랑스러운 중소기업인(2012)
· 책의 날 국무총리 표창(2010)
· 한국언론인연합회 자랑스런 한국인대상 인재육성 부문(2007)

김영철 바인그룹 회장

깊은 산속 옹달샘에 비친 자화상

깊은 산속 옹달샘에 비친 자화상

절망의 나락에서 건진 두레박

강원도 양구중학교 1학년 때이다. 또래보다 큰 키에 건장했던 14살 소년의 체구는 당시 학교에서 유도선수를 키우던 선생님의 눈에 띄었다. 선생님은 소년에게 유도를 권유하며 체육특기생으로 대학까지 갈 수 있다고 설득했다. 당시 그에게 유도는 낯설고 생소한 운동이었지만, 선생님의 제안은 굉장히 매력적이었다. 양구의 가난한 집안에서 육남매 중 둘째로 태어난 그에게 유도는 새로운 '희망'이라는 두 글자를 심어주었다. 그래서 유도에 입문한 그는 누구보다 열심히 땀흘리며 기량을 닦아 나갔다. 이왕 시작할 거라면 "최고가 되자, 올림픽에 나가 메달을 따야 한다"는 게 그의 목표였다. 어느 분야건 마찬가지겠지만, 스포츠만큼 1등 제일주의가 적용되는 분야도 없다는 걸 그는 누구보다 절감하고 있었기 때문이다.

한번은 시합을 코앞에 둔 어느 날, 고향에서 어머니가 찾아왔다.

유도의 경우, 체급별 경기가 이뤄지기 때문에 체중 조절이 중요한데 당시 몰라보게 핼쑥해진 아들의 모습을 보고 어머니는 하염없이 눈물을 흘렸다. 그날의 송구스러움과 안타까움은 소년의 가슴속에 오랫동안 진한 잔상으로 남았다. 그날 이후 소년은 부모님이 경기장에 발을 딛지 못하게 하였다. 소년은 매 경기마다 이를 악물었고 어느덧 청년이 되었다. 고교시절 전국체전에서 은메달을 따는 등 유도 유망주로 주가를 올리던 청년은 대학별 친선경기에 참가했다. 바로 그날, 그의 운명이 바뀌는 사고가 발생했다. 경기 중 무릎에서 딱 소리가 나더니 무릎이 펴지질 않았다. 연골파열이었다.

"그 순간, 모든 게 끝났다는 걸 본능적으로 직감했습니다. 중학교 때부터 눈만 뜨면 운동을 했는데, 운동밖에 할 줄 아는 게 없는데 말이죠. 제대로 된 큰 경기에서 뛰어보지도 못하고, 너무 억울해서 몇 날 며칠을 눈물로 지새웠는지 모릅니다."

물론 방법이 아예 없진 않았다. 수술을 하면 나을 수도 있었다. 그러나 당시 수백만 원이 넘는 수술비는 그의 형편에 엄두조차 낼 수 없었다. 결국 대학까지 중퇴하고 부상을 입은 패잔병의 모습으로 고향인 강원도 양구로 향했다. 그러나 막상 집 대문 앞에서 발길이 내딛어지질 않았다. 집안의 기대를 한 몸에 받고 있었던 그의 아픔은 곧 가족 전체의 절망이었기 때문이었다.

한동안 집에서 꼼짝 않고 칩거생활을 하다시피 했다. 밤마다 눈물로 적신 베갯잇의 얼룩은 그의 가슴속 상처처럼 좀처럼 지워지지 않았다. 그 와중에 소문은 순식간에 온 동네에 퍼졌다. 어둑한 방안에 누워 있어도 동네 사람들의 수군거림과 불편한 시선이 떠올라 문밖 출입조차 겁이 났다. 지옥이 따로 없었다. 결국 그가 고안해 낸 방법이란 게 소를 몰고 동네 언덕에 올라가는 것이 고작이었다. 아직 이른 봄이라 소를 몰고 간들 딱히 먹일 수 있는 풀도 많지 않았다. 하지만 그것만이 그의 유일한 은신처였다.

"그 시절 무심코 옹달샘을 들여다보다가 퉁퉁 부은 제 얼굴을 마주 한 적이 있습니다. 참 낯설더군요. 그 모습에 붓기 뺀다고 얼굴을 씻고, 또 씻고 했던 기억이 지금도 생생합니다."

설상가상으로 촉망받던 유도선수가 하루아침에 폐인처럼 돼 친구들과 어울리다가는 영영 시골에서 주저앉게 될 것임은 불을 보듯 뻔

했다. '더 이상 이대로는 안 된다, 이 깊은 나락으로부터 벗어나야 한다, 가난과 부정을 끊자!' 이런 말들이 그의 심장을 두드렸다. 무작정 서울행 기차에 올랐다. 이때가 1980년이다. 당시 그의 수중에는 단돈 7000원이 전부였다. 당장 생존을 위해 그는 닥치는 대로 일자리를 찾기 시작했다. 공사장 막노동에 날품팔이도 마다하지 않았다. 한번은 공장 생산직으로라도 취업하려 했지만 여기엔 뜻하지 않은 난관이 있었다. 대학 중퇴라는 학력이 오히려 걸림돌이 된 것이다. 당시는 소위 운동권 학생들의 공장 위장취업이 횡횡하던 터라 그런 의심의 눈초리를 피할 수가 없었다. 그러던 차에 우연히 접하게 된 것이 대형출판사의 직영 인쇄소였다. 처음엔 창고에서 책을 나르는 일부터 시작했다. 책이 얼마나 무거운지는 들고, 지고, 운반해 본 사람만이 알 수 있는데 그 인연은 출판사 영업직으로 이어졌다. 사실 그때까지 그는 책과 담을 쌓아왔다 해도 과언이 아니다. 그런 그가 출판사와 인연을 맺게 된 것이다. 동화세상에듀코 등 10여 개 계열사에서 연매출 1600억원대를 올리고 있는 바인(VINE)그룹의 김영철 회장 이야기다.

바인은 포도나무의 강한 생명력과 무성한 줄기 그리고 다양하고 풍성한 열매를 상징한다. 다시 과거로 돌아가서, 중학교 시절부터 유도 하나에만 매진해온 김영철에게 생면부지의 낯선 사람들을 상대해야 하는 출판 영업직은 참으로 힘겨운 일이었다. '맨땅에 헤딩'이란 게 바로 이럴 때 쓰는 말이라는 걸 온몸으로 체감할 수 있었다. 경기 도

중 얻은 상처는 그때까지도 그를 따라다녔다. 아침부터 이곳 저곳 걸어 다니다 보면 오후엔 인대가 늘어나서 다리가 빠지고 쓰러지기가 다반사였다. 급기야 한 번은 다리가 빠져 아파트 계단에서 굴러 떨어진 적도 있었다. 시멘트 바닥에서 정신 없이 구른 후 정신을 차리고 보니, 이미 땀에 젖은 등짝은 다 까져 피범벅이 돼 있었다. 그래도 쉴 순 없었다. 김영철은 여분의 와이셔츠로 갈아입고 다시 뛰었다.

업계 전설이 되다

소위 성공한 사람들의 삶에 인생역전 한두 개씩 없는 사람이 있을까마는 김영철 회장의 삶도 결코 호락호락하진 않았다. 그러나 그 시절을 살아온 많은 이들이 그렇듯 그 속에도 깨알 같은 삶의 행복은 있게 마련이다. 1981년 무일푼으로  시작한 결혼생활은 삯월세 단칸방에서 시작됐지만, 그가 노력하고 땀 흘린 대가는 조금씩 집 평수를 넓혀가는 재미를 주기도 했다. 처음 부엌이 딸린 집으로 이사를 갔을 때는 너무 좋아 아내와 얼싸안았고, 마루가 딸린 집으로 이사 간 며칠 동안은 마루에서 자기도 했다. 그나마 육체적인 고통은 견딜 수 있었지만, 정작 견디기 힘든 건 정신적인 상처였다.

"한번은 어느 집 대문 앞에서 초인종을 누르고 아이가 있는지 물어보고 있는데, 한 남자가 나오더니 다짜고짜 욕을 하며 막말을 하더군요. 워낙 산전수전 다 겪은 터였지만, 그런 모욕감은 참을 수가 없었습니다. 결국 문을 박차고 들어가 한바탕 소동을 벌이기도 했지만 남자 대 남자로서 대화를 통해 책 한 질을 팔았습니다."

인생길이 수학문제의 정답처럼 한 가지만 있는 것은 아닐 것이다. 그는 자신이 가지 않은 길에 대해 과감히 선택했고, 주어진 기회에 대해선 최선을 다했다. 결국 오늘의 바인그룹을 있게 한 저력은 그날 구겨진 자존심을 추스르기도 전에 책 한 질 팔기를 주저하지 않은 그의 근성이 아니었을까 싶다.

그가 출판사 영업판매원으로 뛰어들었을 당시 첫 월급은 2만원이었다. 더욱이 동화책 한 권 제대로 읽어본 적 없던 그였다. 그러나 그 후 채 10년도 되지 않아 그는 출판업계의 전설이 되었다. 1988년부터 억대 연봉자에 오른 그는 한때 한 달 수입 2000만원을 거둘 만큼 능력을 인정받았다. 당시 사립대학 등록금이 60만원 정도였음을 감안하면 실로 엄청난 액수임을 알 수 있다. 그러나 이런 신화는 결코 우연이 아니었다. 먼저 그는 자신이 판매하던 무수한 책들을 한 권, 한 권 읽어 나가며 아동 출판업에 대한 지식과 전문성을 키워 나갔다. 판매자 스스로가 그 재미와 매력을 알아야 소비자에게 전달할 수 있다는 사실 때문이었다. 김영철은 하루 종일 외판업을 전전하는 사이에도 책 읽기의 매력에 빠져들었는데 그때의 기억은 자신이 몸담고 있는 업(業)에 대한 자긍심과 함께 추후 독서경영의 중요성을 피력하는 근간이 된다.

"시간이 지나면서 어느 순간부터인가 내가 팔던 동화책이 눈에 들어오기 시작했습니다. 신기하게도 생계 수단이었던 동화책이 가슴을 채우더군요. 동화책을 접하고 나면서 동화 속의 이야기처럼 동화 같은 세상, 동화 같은 회사를 꿈꾸게 된 것이죠."

초창기 영업파트에서 일하며 타고난 근성과 능력을 인정받은 그는 이후 10여년간 국민서관(당시 3대 대형출판사 중 한 곳)의 경영 및 조직관리 파트에서 일했다. 여기서 그는 특히 아이디어와 인력 양성 분야에 있어 출중한 능력을 나타냈다. 이때부터 그는 조직 관리나 리더십 관련 특강을 꼬박꼬박 찾아다니며 챙겨 들었고, 경영학 책도 수없이 탐독했다. 몸으로 체득한 노하우 뿐 아니라 전문가들의 이론과 목소리에도 겸허히 귀를 기울인 것이다. 여기엔 투자한 만큼 번다는 논리가 그대로 적용되는데, 월급을 많이 받는 만큼 쓰는 것도 아까워하지 않았다.

"어느 순간부턴가 제 월급이 얼마인지 모르고 지내게 됐습니다. 당장 통장에 찍히는 액수에 연연하다 보면 한 푼 두 푼 쓰는 걸 아까워하게 되죠. 특히나 사업을 하거나 큰 조직을 운영하는 사람이 저축만 고집하면 안됩니다. 조직을 키우고 창조적 아이디어를 창출해 내는 게 진짜 저축인 것이죠.”

김영철은 그것이 바로 '큰 부자와 작은 부자의 차이'라고 말한다. 진짜 가치 있는 재산은 눈앞의 이익이 아니라 빛나는 아이디어, 인재 양성을 통한 실력 향상, 끊임없이 분출되는 에너지와 도전의식이라는 것이다. 1995년 김영철은 또 한 번 인생의 중요한 전환점에 서게 된다. 당시 전집 출판사가 어려워지면서 대교, 웅진, 한솔, 삐아제 등 방문교육 프로그램이 대안으로 떠오르고 있음을 간파한 것이다. 당시 국민서관은 유아용품을 파는 주부조직으로 전환했고, 출판계 전반에 외판형태가 사라지고 있었다. 이에 그는 국민서관 시절 터득한 그 나름의 경영철학을 바탕으로 함께 일했던 동료들과 함께 독립 선언을 하게 된다. 그것이 바로 바인그룹의 모태가 된 동화세상에듀코였다. '동화처럼 아름답고 행복한 기업, 직원들이 동화 속 주인공이 되는 회사'를 꿈꾸며 시작한 사업이었지만, 사실 이상과 현실엔 괴리가 있었다. 초창기 그는 권위와 힘으로 구성원들을 밀어붙이기 일쑤였고 당장 눈앞의 실적에 급급하며 그들을 재단했다고 고백한 바 있다.

“원래 에듀코(Educo)는 education의 라틴 어원으로 창의하다, '끄집어내다'는 뜻을 담고 있습니다. 곧 누구나 잠재되어 있는 자신의 무한 가능성을 끄집어 낼 수 있다는 의미입니다. 마치 알라딘의 마술램프처럼 개개인에게 내재되어 있던 잠재력을 학습과 훈련, 믿음을 통해 끌어내 세상에 빛을 주는 인물로 키워내자는 것이 우리 회사의 근간입니다."

김영철은 모두가 동화 같은 세상에서 주인공처럼 살 수 있도록 돕는 것, 베풀고 사랑하고 꿈을 이루고 세상의 빛이 되는 리더를 양성하는 것이야말로 최우선의 목표라고 여기고 있다. 그리고 이러한 초심을 지키기 위해 매일 아침 오롯이 혼자 명상의 시간을 갖고 있다. 경영자가 일 분 일 초를 방심하거나 흐트러지면 조직 전체가 무너질 수 있기 때문이다.

"명상을 통해 나에 대한 성찰은 물론 고객과 구성원, 더 나아가 세상 사람들과 소통을 시도합니다. 소통은 세상의 갈등 요인을 해소하는 도구라고 생각됩니다. 아울러 명상을 하다 보면 뛰어난 집중력이 생깁니다. 그래서 명상의 시간을 빼놓지 않으려고 노력합니다."

때론 따뜻하고 때론 냉철한 오너이지만, 그때만큼은 오랜 수도자의 모습을 닮아 있다. 어쨌거나 그런 수양의 시간은 결코 헛되지 않았다. 그는 4500여 명이 넘는 구성원들과 대화를 하지 않아도 눈과 가슴으로 소통하고 있다고 자신할 정도다.

100년 기업을 향한 원대한 꿈을 꾸다

바인그룹은 현재 코칭 · 교육 · 학원 · 무역 · 외식 · 호텔 · 자산운용 · 해외법인 · 소셜커머스 · 모바일플랫폼 등 9개 사업부를 중심으로 국내외 비즈니스를 전개하여 연매출 2000억원대를 눈앞에 두고 있다. 매년 20~30%의 경이적인 신장세를 보이고 있다. 2017년 1월 18일, 이날은 그에게 잊혀질 수 없는, 그 누구보다 벅차고 가슴 뛰는 날이었다. 26년 동안 동화 속의 주인공 같은 기업을 만들기 위해 혼신을 다한 '동화세상에듀코'가 드디어 바인그룹으로 성장해 이날 출범식과 함께 발대식을 가진 날이기 때문이다. 이날 행사는 내외빈 350여 명을 비롯해 역대 최대 규모인 4000명의 전국 구성원들에게 인터넷 방송으로 생중계되었다. 이날 김영철은 전국의 구성원들에게 그간의 노고에 감사를 드리며 지속가능기업의 비전에 대한 포부를 알렸다. 이날의 환영사 역시 자신의 경험에서 얻은 인간의 '잠재력'과 '가능성' 대한 내용에 상당부분 할애하였다.

"작은 기업에서 출발한 회사를 위해 헌신하고 노력하는 구성원들의 땀이 모여 기적을 이루었습니다. '사람을 키우는 일'을 한다는 사명감으로 밤낮을 가리지 않고 헌신해주신 구성원들 덕분에 1600억원대의 매출을 올리는 회사로 성장했습니다.

바인그룹은 2025년 20여 개 계열사에서 매출 1조5000억원의 회사로 성장할 것입니다. 우리의 내면에는 세상에 드러나지 않고, 눈에 보이지 않는 상상할 수 없는 가능성이 존재하고 있습니다.

'네게 위대해짐을 두려워 말라'는 말이 있듯이 우리는 보이지 않지만 그 가능성을 믿어 왔고 그 가능성을 끄집어내기 위해 부단히 노력했습니다. 그 가능성을 끌어내는 힘이 바로 재능입니다. 우리 회사는 잘 살고 잘 해보자고 만들었습니다. 그러나 우리는 이익을 추구하는 것만을 목적으로 하지 않습니다. 우리의 '존재' 그 자체가 기업의 목적이며 가장 큰 가치입니다. 그래서 그룹으로 나가야 하고 한국을 넘어 전 세계로, 아프리카까지 진출해야 합니다. 여기서 구성원들에게 기회와 꿈, 그리고 자신의 재능을 마음껏 펼칠 수 있는 토대를 만들고자 합니다. 바인의 포도나무에 20여 개 계열사와 3만5000명에 이르는 리더들이 세상을 밝히는 반딧불이 되고 세상에 선한 영향력을 주는 기업이 될 것이며 여기서 여러분들의 꿈과 기회가 영글어가는 열매가 알알이 맺힐 것입니다. 사람은 자기 성공의 기대치만큼 이루어진다고 하지 않습니까."

그의 집무실엔 특이한 달력이 걸려 있다. 1995년부터 2094년까지 표기된 100년 달력. 동화세상에듀코가 설립된 1995년부터 시작해 100주년이 되는 2094년까지 이어진다.

"흔히 교육을 가리켜 백년지대계(百年之大計)라고 합니다. 100년 후를 내다보는 인재양성을 하다 보면 100년 200년을 뛰어 넘어 500년, 1000년 영속기업이 되겠다는 꿈이 담겨 있습니다."

그는 회사를 경영하면서 꿈이 많아졌다. 처음 시작할 때만 해도 거창한 사명감 따위는 없었다. 그저 돈을 버는 것이 유일한 목표였다. 그러나 경영을 계속해오며 회사의 이익을 사회에 환원하는 기업으로 키우고 싶다는 사명감이 새롭게 싹텄다고 한다.

그는 "기업이 사회공헌을 통해 우리 모두에게 행복을 주는 일이 돈을 버는 것보다 더 중요하다는 생각이 들었다"며 "1사1촌 지원사업과 봉사활동과 청소년 교육지원 프로그램인 '위캔 두' 등을 전개하고 있다"고 밝혔다. 자기계발과 충전을 위한 휴식, 마음을 나누는 봉사 등을 위한 지원에 초점이 맞춰진 프로그램을 도입해 운영하고 있다. 그의 구성원에 대한 사랑과 무한 신뢰는 결국 고객감동으로 이어진다. 인간은 감동에 의해 움직인다 해도 과언이 아닌데, 감동된 구성원들은 고객을 창출하는 선순환의 힘까지 생긴다. 그러나 감동을 주기란 말처럼 쉽지 않다. 경영자들은 '구성원들을 감동시켜야 한다'고 말하지만 미국의 트레이닝 잡지에 따르면 5% 미만의 경영자만이 실제로 행동에 옮기고 있는 게 현실이기 때문이다. 그의 감동경영은 2010년 9월 경기도 안성에 동화마을 연수원 개원으로 이어진다. 구성원들의 워크숍을 통한 팀워크 향상과 가족단위 휴식을 즐길 수 있도록 함으로써 가족친화경영 우수기업으로서의 자부심을 키워가겠다는 포부에서 시작되었다.

"회사가 더 이상 국가의 근간인 가정을 이루는 데 걸림돌이 되어서는 안됩니다. 가정과 회사 모두에서 만족할 수 있도록 지원을 아끼지 않는 것이 우리 회사 경영의 핵심입니다."

이러한 분위기는 회사를 단순한 일터가 아닌 가정의 큰 울타리로 만들고 있다. 군대간 아들이 휴가를 나왔다며 회사로 인사를 오는가 하면, 수능시험이 끝났다고, 유학을 간다고 찾아온다. 결혼할 배우자를 데리고 와 인사하는 모습도 이 회사에선 낯설지 않다.

이 회사의 복지제도 또한 예사롭지 않다. 매년 구성원 중 10%를 선발해 1~2주간의 해외연수 프로그램을 운영함으로써 생각의 틀을 넓힐 수 있도록 하고 있다. 특히 낯선 이국땅에서 갖는 경험은 구성원 개개인은 물론, 회사 차원에서도 한 단계 더 발전하고 성숙할 수 있는 기회인 만큼 비중있게 여기고 있다. 진심은 통하게 마련이다. 김영철의 감동경영은 날마다 새로운 피드백을 안겨주고 있다.

하루 수십 통씩 전해지는 구성원들의 문자 메시지와 메일이 그것이다. 상황이 이렇고 보니, 겨울에 눈이라도 오는 날엔 새벽 5시부터 휴대폰 문자 메시지가 폭주하고 비오는 날엔 또 그 나름의 운치를 나눈다. 그때마다 김영철 회장도 바쁜 일정을 쪼개 틈틈이 답변을 보낸다. '힘내', '고마워', '네가 보배다', '잘할 거야', 하나같이 긍정의 메시지인데, 바인그룹 안에서는 누구나 시인이 될 법도 하다. 바인그룹의 행복 바이러스는 어느새 고객 감동으로 물들어가고 있다.

"저는 하는 일이 없어요. 그런 분위기를 만들고 구성원들의 존재를 일깨우는 회의를 계속하다 보니 스스로 일을 찾고 아이템을 찾고, 자신을 발견해가는 것이죠. 큰 회사는 많지만 저만큼 감동받고 사랑받는 리더는 없다고 생각합니다."

엘리트보다 리더가 되라

'순간의 이익보다는 오랫동안 지속할 수 있는 행복을 추구한다.'

김영철의 경영철학이다. 김영철은 인재양성·고객몰입·콘텐츠 브랜드화 등 여러 경영방침을 제시하고 있다. 그 중에서도 인재양성은 단연 최우선 가치로 꼽힌다. 당장 회사가 정한 교육 프로그램을 이수하지 않으면 승진이나 승격에 불이익을 받는다. 언뜻 들으면 구성원들 사이에서 불평이 있을 것도 같지만 실제론 그렇지 않다. 자기계발의 기회를 회사에서 무상으로 제공한다는 사실에 구성원들의 교육 충성도는 오히려 높다. 실제로 이 회사에서 구성원 한 사람을 교육시키는 데 드는 비용은 연평균 500만원, 연간 10억원에 달한다.

"특별한 계기라기보다는 내 경험에서 출발했습니다. 처음 직장생활을 시작할 때 나는 원래의 꿈이 좌절된 상태였기 때문에 매우 힘들었습니다. 그 당시 우연히 자기계발교육을 받았고, 그 과정에서 내 안의 또 다른 나를 발견했습니다. 나도 몰랐던 내 잠재능력을 깨닫게 된 것이죠. CEO가 된 후 자신의 잠재능력을 발견하지 못한 구성원들에게 이를 깨우치게 해주는 것이 내가 할 수 있는 일이라고 생각해 창립 이듬해부터 인재양성 시스템을 시작했습니다."

인재 사관학교로 명성을 날리며 질높은 교육 프로그램을 통해 인재를 배출한 미국 GE(제너럴 일렉트릭)의 사내 대학이자 리더 양성소인 크론토빌을 떠올리는 대목이다. 현재 바인그룹에서는 구성원들을 위한 다양한 리더십 교육 프로그램을 운영하고 있다. 피닉스 리더십 세미나를 비롯해 7 Habits(성공하는 사람의 7가지 습관), 액션스피치 리더십 등이 바로 그것이다. 이런 과정을 거쳐 지금의 바인아카데미 10대 교육프로그램이 만들어졌다.

"우리는 코칭 전문기업으로 구성원들의 핵심가치는 자기성장입니다. 구성원들의 잠재력을 발휘하게 하고, 그들이 잘 돼서 선한 영향력을 주는 것이 목표입니다. 돈을 많이 벌고 매출을 많이 올리는 것보다는 구성원들이 자기성장에 승부를 걸도록 돕고 있습니다. 우리 안에 다양한 재능이 있습니다. '여러분들이 아는 것 이상으로 여러분 내면에는 또 다른 가능성이 있으니 그걸 믿고 가자'고 설득하며 그걸 끄집어내 주니 다들 고마워 하더군요."

코칭의 요체에 대해 그는 "문제의 답은 본인이 다 갖고 있습니다. 질문을 통해 그걸 풀어내 주는 것이지요. 국어 · 영어 · 수학 같은 교과목을 가르치는 것이 티칭(teaching)이라면 코칭(coaching)은 공부하는 방법, 그리고 내가 얼마나 소중한 존재인가를 가르쳐 주는 것입니다."

이 회사에는 특별한 입사 기준이 없다. 높은 학력이나 화려한 경력에 연연하지 않는다. 다만 업무에 임하는 기본적인 자세와 성공에 대한 의지만 있다면 오케이다. 되려 평탄하게 살아온 사람들보다는 실패의 쓴 맛을 아는 사람들에게 기회를 주는 경우가 적지 않다. 김영철 자신이 그랬듯 실제로 그런 사람들이 자기계발을 통해 크게 깨닫는 경우를 많이 봤기 때문이다. 이렇다 보니 이 회사에는 소통과 공감 능력이 뛰어난 인재들이 절대 다수를 차지하고 있다. 실제로 바인그룹에서는 10년 이상 함께한 구성원들이 수백여 명이고 20여년 이상도 수십 명이 넘는다. 억대 연봉자도 100여 명이 넘는다. 구성원들의 만족도와 성취도가 그만큼 높다는 얘기다.

책 속에서 길을 찾다

참된 변화는 내면에서부터 시작되어야 한다. 나뭇잎을 쳐내는 것과 같은 응급처치식 방법으로는 태도와 행동을 바꿀 수 없다. 이것은 뿌리, 즉 사고의 바탕이자 기본인 패러다임을 바꿈으로써만 가능하다. 이 패러다임은 우리의 성품을 결정하고 우리가 세상을 보는 관점의 렌즈를 창조해준다.

스티븐 코비 〈성공하는 사람들의 7가지 습관〉 중에서−

우리 사회에서 존경받는 롤모델, 리더들에겐 몇 가지 공통점이 있다. 그중 하나가 독서광이란 사실이다. 하루를 24시간이 아닌 8만 6400초로 살아가는 그들이지만, 그들에게 있어 책은 과거와 현재, 미래를 열어주는 나침반과도 같다. 독서의 영향력은 당장의 성과를 가져올 순 없지만, 장기적으로 내면의 잠재성을 극대화할 수 있기 때문이다. 기업에 독서경영 시스템이 확산되고 있는 것도 이런 분위기와 무관하지 않다. 독서는 새로운 조직문화 창출과 소통의 매개체로서 역할을 할 뿐 아니라, 성과 향상에도 기여하고 있다는 사례가 속 속 입증되고 있다. 김영철이 독서경영을 중시하는 이유가 바로 여기 에 있다. 실제로 그는 '책읽는 CEO'로도 유명하다. 그는 한 월간지에 서 선정한 '대한민국 독서경영 CEO 30인'에 선정됐는가 하면, 2010 년 10월 '제24회 책의 날 기념식'에선 국무총리 표창을 받기도 했다. 하루 평균 2권의 책을 읽는 그는 핵심을 기억하고, 메모하는 다독자 로 알려져 있다. 보통 새벽 4~5시에 일어나 명상과 독서로 하루를 시작한다는 그는 책 속에 모든 지혜가 들어 있다고 믿는다. 아이디어 와 정보, 성품, 관계에 대한 답은 책 안에 들어있으며 결국 독서력이 야말로 이 시대를 살아가는 중요한 경쟁력이라고 확신하고 있다. 지 난 20년간 그가 써온 수권의 교육노트와 무수한 아이디어들이 이를 입증해준다.

"회사를 경영하는데 기업인들의 자서전이 많은 도움을 줍니다. 자 서전의 경우 생생한 실화를 바탕으로 하기 때문에 감동도 더할 수밖 에 없는데요. 정주영, 윤석금 회장님 같은 분들의 자서전에서 그분들 의 투지나 정신에 자극을 받곤 합니다."

그 밖에도 〈데일 카네기 자서전〉이나 스티브 코비의 〈성공하는 사 람들의 7가지 습관〉, 미국의 대중연설가인 지그 지글러의 〈정상에서 만납시다〉와 같은 책들은 평소 그가 곁에 두고 읽는 것들 중 하나다. 그렇다고 책을 편식하진 않는다. 경영학, 조직학 관련 책들은 물론이고, 역사나 철학 등 다방면의 책들은 세상을 보는 혜안을 갖도록 도와주기 때문이다.

그는 또한 아무리 먼 길도 마다하지 않고 찾아 다니며 배우기를 게을리하지 않는 '공부하는 CEO'로 정평이 나 있다. 경우에 따라서 해외로 나가는 경우도 있다. 지난 2010년 8월 캐나다에서 열린 피닉스 세미나에 참석한 그는 기업의 성공 여부는 생각을 어떻게 하느냐에 의해 결정된다는 것과 사업가들에게 있어 배려와 정직을 어떻게 받아들이고 실행하는가를 주요 주제로 한 진지한 토론과 마인드 스토밍을 통해 수많은 사업 아이디어를 발굴한 시간이었다고 회고한다. 다리에 철심을 박은 상태에서도 서서 강의하며 32년간 단 한 번도 약속을 어긴 적이 없는 열정과 항상 목표를 써가지고 다니며 하루 15시간씩 일을 한다는 브라이언 트레이시의 사례는 김영철에게 또 한 번의 깊은 울림을 줬다고 한다. 그는 여전히 변화하며 매 순간 거듭나고 있다. 그리고 그 울림과 변화의 경험이 구성원들에게도 자연스럽게 물들 수 있도록 하고 있다. 구성원들의 독서 권장을 위해 사옥 곳곳에 도서 비치대를 설치, 누구나 쉽게 빼서 읽고 반환하게 했다.

그의 집무실에 꽂힌 약 1000권의 책 역시 구성원들에게 상시 개방하고 있다. 이처럼 자연스럽게 독서환경을 조성하고 있다 보니 임직원 사이에서는 책을 선물하는 문화가 정착되어 있다. 김영철은 구성원들의 생일 때마다 직접 신간을 골라 한 달 평균 200권의 책을 선물

한다. 이밖에 김영철은 전사 차원의 '독서경영 페스티벌'을 개최하는 가 하면, 교보문고와 협약을 맺고 강좌를 개설해 책 읽는 법, 독서기법 등을 전달하기도 했다. 이는 향후 구성원들을 독서리더로 양성한다는 욕심도 깔려 있다.

"책 읽는 조직은 다릅니다. 독서경영 결과 구성원들의 전문성, 팀워크, 성품이 좋아진 것을 느끼고 있습니다. 정보가 많기 때문이죠. 조직은 문화가 성과보다 우선해야 합니다. 결국 문화가 있는 기업이 오래 지속가능하기 때문입니다."

리더는 마르지 않는 옹달샘 같아야

진정한 리더의 조건, 리더의 덕목은 무엇일까. 언제부턴가 이러한 명제는 초등학생들조차 고민하는 요소가 됐다. 아이디어와 통찰력, 배려와 추진력 등 무수히 많은 서적과 전문가들이 이에 대한 견해를 쏟아내고 있지만, 사실 공통분모가 있을 뿐, 정답은 없다. 각자가 자신의 분야에서 발견한 롤 모델로부터 리더의 덕목을 찾아 스스로 취사선택하면 그뿐이다. 다만 여기서 분명한 건 리더에겐 리더가 될 수밖에 없는 분명하고 타당한 이유가 존재한다는 것이다. 그렇다면 이쯤에서 드는 질문 하나, 오늘날 바인그룹의 김영철 회장을 있게 한 리더의 덕목은 무엇일까. 김영철 회장의 리더십은 크게 세 가지로 함축된다. 첫 번째로 상대방을 긍정적으로 바라볼 것, 둘째 칭찬과 격려를 아끼지 말 것, 세 번째로 상대방의 잠재력을 일깨워주되, 믿고 기다려줘야 한다는 것이다. 먼저 상대방을 긍정적인 시각으로 바라봐야 한다는 점에 대해서 그는 잘하는 점과 부족한 점 중 어느 것을 크게 볼 것인지 결정해야 한다고 말한다.

"리더가 되기 위해서는 남을 크게 봐주어야 합니다. 내 상사를 내가 존경하면 내가 그만큼 사랑받게 됩니다. 잠재력은 끊임없는 학습과 교육이 있어야 한다는 것을 믿어야 합니다. 내가 나를 긍정하고 믿으며 꿈과 목표를 의심하면 안됩니다."

이 세상 어떤 사람도 무결점의 완벽한 사람은 없기 때문이다. 다만 장점이 더 부각될 때 그 사람이 근사해 보일 뿐이다. 특히 이런 시선은 기업을 경영하는 CEO에게 더욱 절실히 요구되는 부분이다. 기업의 본질이 이윤추구에 있음을 감안할 때 자칫 겉으로 보이는 단편적인 모습만 보고 판단해 버릴 수 있기 때문이다. 이는 김영철 회장의 경험에서 우러나온 것이기도 하다. 만약 그가 운동선수라는 이유만으로, 출판업에 경험이 없다는 이유만으로 그를 평가 절하했다면 지금의 그는 없었을지 모른다. 그가 이력서보다는 그 사람의 열정과 성품, 비전을 읽어내려는 것도 바로 그 때문이다.

두 번째로 그는 리더로서 칭찬과 격려를 아끼지 말 것을 강조한다. 일례로 정명훈 마에스트로의 경우, 어머니께서 단 한 번도 혼낸 적이 없다는 일화나 어린 시절 말더듬이었던 잭 웰치에게 '네 머릿속엔 너무 많은 지식이 들어 있어서 입 밖으로 나오는데 시간이 걸리기 때문'이라는 말로 자존감을 높였던 어머니의 일화는 너무나 유명하다. 이처럼 훌륭한 위인의 뒤엔 자식을 무한 신뢰하고 지지해 준 훌륭한 어머니가 있었듯이 리더의 응원과 격려, 용기가 중요하다는 것이다. 오죽하면 칭찬은 고래도 춤추게 한다고 했겠는가. 그러나 여기에도 단서는 있다. 절대로 일회성에 그쳐선 안 된다. 칭찬도 습관처럼 끊임없이 반복해야 한다는 것이다. 그러나 가장 큰 에너지가 되는 칭찬은 자기 스스로를 칭찬하는 것이라고 말한다.

"말을 바꾸면 인생이 바뀐다. 내가 쓰는 말을 보면 내 미래를 알 수 있다"는 게 그의 논리인데, 내 안에 자부심이 있으면 남도 칭찬하게 된다는 것이다.

마지막으로 김영철 회장은 리더가 갖춰야 할 중요한 덕목으로 상대방의 잠재력을 일깨워주는 조력자의 역할이 필요하다고 강조한다. 자기 자신조차 미처 발견하지 못했던 능력을 일깨워주는 것, 그것이 바로 지속적인 교육과 훈련인데 이러한 가능성과 잠재성은 우리가 생각하는 것보다 훨씬 크다는 게 그의 생각이다. 김영철에게 역시 그런 멘토 같은 리더가 있었다.

"제겐 국민서관 근무 당시, 김용성 사장님이 그런 분이셨습니다. 사실 그분이 계시지 않았다면 운동만 했던 제가 조직 관리자로서 리더십을 발휘할 수 없었겠죠. 그러나 김용성 사장님은 제 안에 있는 가능성을 발굴해 주셨고, 끊임없이 제게 자극과 기회를 주셨습니다.

결국 능력은 능력을 낳고 지혜가 지혜를 낳는 법이니까요."

김영철은 자신의 경험을 내비치며 진짜 참모는 그림자라고 말한다. 그를 대하고 있자니, 문득 옹달샘이 떠올랐다. 아무리 퍼내도 마르지 않는 물, 가뭄에도 마르지 않고 퐁퐁 솟는 생명수, 비록 작은 물방울이 모여 이뤄진 작은 샘이지만 천리 물길을 여는 옹달샘 말이다. 김영철에게선 늘 아이디어와 열정이 샘솟고 있었고, 말 한마디 한마디에 진정성이 묻어났다.

"물은 어느 것과도 잘 어울리고 그 모양을 자유자재로 바꾸어 맞춥니다. 물은 항상 높은 곳에서 낮은 곳으로 흐르고, 주변에 생명을 살게 하며, 제 아무리 넓고 거대한 강과 바다도 결국 작은 옹달샘에서 시작됩니다."

돌이켜 보건대, 당시 옹달샘에 달덩이처럼 비쳐졌던 그의 일그러진 얼굴은 어쩌면 당시 자신을 비추는 자화상인 동시에 목마른 자의 목을 축여주는 오아시스였다. 지금 가족과 구성원 모두의 영혼을 채워주는 꿈은 그날 강원도 양구, 고향집 뒷동산의 옹달샘에서 시작된 것인지도 모른다. 짐 콜린스의 책 제목처럼 'Good to Great', 좋은 기업을 넘어 위대한 기업으로 도약하고 있는 바인그룹, 그 동화 같은 꿈은 이미 현실로 다가오고 있다.

II.

짧지만 긴 여운
김형석 교수가 전하는 '행복론'
인생의 황금기는 60세부터 85세까지

계영배(戒盈杯)의 비밀
인생의 고통은 소유하고자 하는 욕망 때문

어맨다 고먼의 '우리가 오르는 언덕'
미국을 넘어 전 세계를 울리다

인생의 황금기는 60세부터 85세까지

새벽에 눈을 뜨는 것조차 두렵다는 이야기가 예삿말로 들리지 않는다. 코로나19로 실업자는 넘쳐나고 갈 곳 없는 청춘들은 거리를 배회하고 있다. 즐겁고 행복한 날 보다 암울하고 어두운 불행의 그림자가 몰려오고 있다.

이런 가운데 한 노(老) 철학자가 각종 매체를 통해 들려주는 '인생'과 '행복'에 대한 이야기가 솔깃하게 귀에 다가온다. 한국철학의 거두로 일컫는 김형석 연세대 명예교수의 이야기다. 올해 102세인 김 교수가 던지는 메시지는 뭘까.

김 교수는 1920년생으로 평안남도 대동에서 태어나 일본 조치대(上智大) 철학과를 졸업했다. 중고등학교에서 잠시 교편생활을 하다가 연세대학교에서 30여년을 철학과 교수로 재직했다. 정년퇴직 후 현재는 연세대 명예교수로 활동하면서 저술활동은 물론 전국을 돌며 강연을 하고 있다. 한 세기를 살아왔지만 그의 정신력과 기억력, 사고력과 판단력이 놀랍다.

유연하고 열린 사고 역시 젊은이들 못지않다는 평가다.

그 역시 30대 중반 연세대 교수로 부임했을 때, 인생을 두 단계로 봤다고 한다. 30세까지는 교육을 받고, 나머지 30년은 직장에서 일하다가 정년이 되면 자신의 인생도 끝난다고 생각했다. 그러나 살아보니 그게 아니라는 것.

그는 "사람은 성장하는 동안 늙지 않는다."며 "인생의 황금기는 60~75세"라고 말했다. 즉 노력만 하면 60을 넘어 75세까지는 성장이 가능하며 90까지 행복하게 살 수 있다는 메시지다. 자신도 60세 이전까지는 모든 면에서 미숙했다는 그의 회고다.

"내가 살아보니 가장 일을 많이 하고, 행복한 건 60세부터였어요. 글도 더 잘 쓰게 되고, 사상도 올라가게 되고, 존경도 받게 되더군요. 사과나무를 키우면 제일 소중한 시기가 바로 열매를 맺을 때입니다. 그게 60세부터입니다."

일 없는 사람이 가장 불행

일반적으로 사람들은 몸이 늙으면 정신도 따라 늙는다고 생각한다. 그러나 김 교수는 정 반대로 자기 노력에 따라 정신은 늙지 않는다고 했다. 몸이 정신을 따라 온다는 그의 주장이다. 김 교수는 우리 사회의 젊은이들에게도 "너무 일찍 성장을 포기한다"고 쓴소리를 내뱉었다. 그는 "30대든 40대든 공부하지 않고 일을 포기하면 녹스는 기계처럼 노쇠하게 된다"며

"60대가 되어서도 진지하게 공부하며 일하는 사람은 성장을 멈추지 않는다"고 말했다. 공부란 독서수준이다. 그렇다면 공부만 하면 건강은 저절로 따라오는가. 그렇지는 않다.

김 교수는 의사들의 말을 인용해 혈압이나 당뇨, 치매 등이 60대에 갑자기 찾아오는 만큼 50세부터는 건강관리에 신경을 써야 한다고 충고했다. 그러면 90세까지 행복하고 보람 있게 살 수 있다는 설명이다. 더군다나 의술의 비약적 발전으로 100세 시대의 도래는 기정사실이라고 진단했다. 그는 건강하고 행복하게 살기 위한 운동방법도 제시했다. 무리한 운동을 경계하라는 주장이다. 운동을 위한 운동이 아니라, 건강을 위한 운동을 하라는 충고다. 특히 60세 이후에는 정신건강이 중요하다고 했다. 이를 위해서는 긍정적이고 희망적인 사고를 많이 해야 매사에 자신감을 가질 수 있다고 말하기도 했다.

김 교수는 요즘 젊은이 못지않게 강연과 저술 등으로 바쁜 일상을 보내고 있다. 3~4년 전 쯤만 해도 일 년에 160여 차례나 강연을 했다. 이틀에 한번 꼴이다. 여기에 틈틈이 저술활동도 하고 언론사 등에 칼럼을 쉬지 않고 기고한다. 이런 힘은 어디서 오는 걸까. 타고난 체력일까 했는데 그것도 아니다. 그는 어려서부터 약골소리를 들었다. 하물며 가족들도 김 교수의 건강을 단념했을 정도였다고 한다. 그러나 걷기나 산책을 통해 체력적인 한계를 극복했다고 설명했다.

이동을 할 때는 주로 지하철이나 버스 등 대중교통을 이용했다. 그래서일까. 지금까지 그 흔한 지팡이 한번 들지 않았다. 일본 '경영의 신'으로 불리는 마쓰시다 고노스케도 허약한 체질로 태어났지만 95세까지 살았다. 무리하지 않은 절제의 건강관리 때문이다. 건강하다고 무리하는 사람은 절대 오래 살지 못한다고 그는 조언했다. 그는 50대에 잠깐 정구를 했지만 파트너 구하기도 어렵고 파트너를 구했다고 해도 서로 시간 맞추기가 어려워 혼자 할 수 있는 가벼운 수영을 한다고 했다. 그게 벌써 30년이 넘었다.

그는 노후에 일이 없는 사람이 가장 불행하다는 메시지를 던졌다. 대부분 노후를 위해 경제적 준비를 하는 사람은 많지만, 일을 준비하는 사람은 그리 많지 않다며 그건 "아니다"라고 했다. 공부를 하거나 취미생활을 하는 것도 일이라고 말한다. 글을 쓰는 것도 하나의 방법이다. 그는 장수하는 사람들의 직업을 보면 음악지휘자가 가장 오래 산다고 했다. 좋아하는 일을 찾아서 살기 때문이란다. 또한 자연과 더불어 일하는 사람도 장수하는 편이라고 했다.

인간은 누구나 행복해지길 바라고 꿈꾼다. 그러나 행복의 정의를 내리기가 쉽지 않다. 사람마다 행복의 기준이 다르기 때문이다. 다만 김 교수는 돈과 권력, 명예가 인간의 끝없는 욕망을 자극하기 때문에 결코 인간이 행복해질 수 없다고 지적한다. 욕망은 인간을 늘 배고프게 하고 허기지게 만들기 때문에 '만족'이라는 것을 생각할 수 없다는 것이다. 그래서 김 교수는 정신적 가치를 찾아 행복의 차원을 높여 욕망으로부터 자유로워야 한다는 주장을 펴고 있다. 정신적 가치를 모르는 사람이 명예나 권력이나 재산을 거머쥘 때도 있지만 대다수가 결국 불행해지더라는 그의 경험담이다. "미켈란젤로의 천재적 예술적 가치가 이탈리아의 기업가나 재벌이 남겨주는 경제적 가치와 어떻게 비교하겠느냐"고 그는 반문한다.

"1947년은 독일의 자랑스러운 시인 괴테의 탄신 200주년이 되는 해였습니다. 독일은 극심한 전쟁의 후유증 때문에 기념행사를 개최할 여력이 없었죠. 그것을 애석하게 여긴 전쟁의 적대국이었던 미국이 세계적인 기념 축전을 개최했어요. 괴테의 정신적 영향력은 전쟁의 파괴력보다 높이 평가받은 사례입니다."

그는 "이런 정신적 가치는 소유에서 오는 만족이 아니다. 창조자는 사회에 주기 위한 책임을 감당했고, 우리는 그 가치를 공유하고 있다"며 "정신적 가치를 깨닫는 사람들이 남긴 위대한 업적을 후세들이 누리면서 행복을 공유한다"고 말했다.

이기주의와 행복은 공존할 수 없어

김 교수는 행복은 이기주의와 공존할 수 없다고 못 박았다. 이기주의자는 자신만을 위해 살기 때문에 인격을 가질 수 없다고 말한다. 인격은 다름 아닌 인간관계에서 나오는 선한 가치라고 했다. 하지만 이기주의자는 이런 선한 가치를 갖추기가 어렵다고 충고했다.

"인격의 크기가 결국 자기 그릇의 크기입니다. 그 그릇에 행복을 담는 겁니다. 이기주의자는 그릇이 작기에 담을 수 있는 행복도 작을 수밖에 없습니다."

그는 젊은 시절 몹시 가난했다. 해방이 되면서 어머니와 두 동생을 데리고 북한을 탈출해 서울에 정착했다. 결혼을 한 뒤 슬하에 6명을 두면서 대식구를 책임지는 가장으로서 적지 않은 고생을 했다. 그래서 늘 월급인상에 목말랐다. 하지만 어쩌다 월급이 오르거나 보너스가 나오면 동료 교수들은 너나 할 것 없이 좋아했다. 하지만 김 교수는 마음이 편치 않았다. 제자들은 등록금조차 내지 못하는 상황이 적지 않았기 때문이다. 당시 봉급이 올라 좋아했지만 교육자로서 한없이 부끄러웠고 행복하지 않았다는 그의 고백이다. 즉 행복은 공동체 의식이지, 나만을 위한 만족은 결코 행복하지 않다며 그의 경험담을 들려주었다. 그래서 인간은 공동체에 대한 의식을 갖출 수 있는 자기 그릇이 커야 그 그릇에 행복을 담을 수 있다고 강조했다. 노후관리에 대해서도 그는 한마디 했다. 인간은 나이가 들면 자연스럽게 세상을 떠나는 법. 부부가 인연을 맺는다 해도 언젠가는 혼자 남게 된다. 이때부터 외롭고 고독해진다. 설령 재산이 많다고 해도 그렇다.

그래서 인간관계가 중요하다고 역설한다. 나이가 들어도 꼭 이성 친구를 사귀라는 그의 당부다. 김 교수도 부인이 세상을 떠나 지금 혼자 살고 있다.

"미국이나 유럽에서는 혼자 남은 늙은이들이 여자 친구를 사귀고 함께 사는 것을 볼 수 있어요. '여자 친구가 생겨서 같이 살게 됐다'고 말하면 자식들도, 친구들도, 사회도 이해해줘요. 저도 한 10년 전에 그렇게 한 번 모범을 보였어야 하는데 아쉽네요. 80세 넘어서 혼자가 되면 혼자 있지 말고 여자 친구를 사귀어서 함께 살도록 하세요. 그런데 재산이 많으면 여자 친구와 함께 살거나 재혼하는 것을 자식들이 많이 반대해요. 자식들한테 법적으로 줄 재산 나눠주고, '이건 손대지 말라'고 하고, 또 '내가 관리하다가 갈 때가 되면 너희한테 줄 수도 있고 사회에 환원할 수도 있다'고 말할 수 있는 그런 합리적인 사고가 있으면 좋겠어요."

김 교수는 일제강점기 평양에서 태어나 일본에서 대학을 졸업한 뒤 고향으로 돌아갔다가 해방이 되자 탈북에 성공, 서울에 정착했다. 한국전쟁의 아픔을 겪었고, 군부독재 시대를 거쳐 민주화운동 시대까지 파란만장한 격동의 시대를 살아온 근현대사의 산증인이기도 하다. 젊은 시절, 도산 안창호 선생의 강연을 듣고 성장했으며 윤동주 시인과 같은 반에서 공부하기도 했다. 한 세기를 관통한 철학자가 들려주는 메시지는 그래서 잔잔하고 감동을 주기에 충분하다. 앞으로 그는 우리들에게 어떤 메시지를 남기고 떠날지 궁금해질 뿐이다.

인생의 고통은
소유하고자 하는 욕망 때문

넘치면 기울어지는 유좌지기(宥坐之器)

1836년 병신년. 한 소년은 천애고아였다.

그의 이름은 우·삼·돌, 움막 주인이 지어줬다.

우삼돌은 어느 날, 질그릇을 뗏목에 싣고 장으로
가다가 폭우를 만나 배가 뒤집히면서 뭍으로 떠밀려
한 노인에게 구조됐다.

노인은 당대 최고의 백자인 갑번자기를 만드는 도공이었다.

당시 갑번사기는 권문세가들에게 돈과 권력의 상징이었다.

노인은 단 한 번도 갑번자기를 내다 팔지 않았다.

"우리는 상인이 아니다. 우리는 예인이다"라고 외쳤을 뿐···

소년은 노인의 집에 머무르면서 가마를 구웠다.

소년은 하나를 가르쳐 주면 열을 알았다.

어느 덧 분원 최고의 장인이 된 소년은 18세 성인이 되었다.

노인은 우삼돌을 양자로 받아들이고 이름까지 바꿨다.

그 이름은 우명옥(明玉).

노인은 아들이 자신을 뛰어넘어 도예의 장인,
즉 도불(陶佛)이 되길 꿈꾸었다.

어느 덧, 아들은 어용지기(御用之器)의 수장이 되었다.
하지만 사기장들이 우명옥을 시샘, 색주가로 유인했다.
여태까지 술 한모금 마셔보지 못한 숙맥 우명옥.
한 순간에 계향(桂香)의 치마폭에 휩싸이고 만다.
'술'과 '여자'는 한 번도 경험하지 못한 극락의 세계였다.
그토록 추구했던 도자기의 미는 한 여인 앞에서 무용지물이 됐다.
"도자기는 오직 불에 의해 달구어지고, 유약에 의해 채색이 되지만
육체는 정념에 의해 달궈지고, 희로애락의
감정에 의해 채색된다"는 것을 알게 될 뿐…

이때까지 아비는 아들의 주색잡기도 한때라며 기다렸다.
술과 여자는 반드시 거쳐야 할 과정이며, 세월이 지나면
쾌락의 공허함을 깨닫게 된다는 것을 이미 경험했기 때문.
해가 바뀐 뒤, 우명옥은 계향을 찾아갔지만 그녀를 볼 수 없었다.
하지만 우명옥의 주색잡기는 끊어지지 않았다.
아비는 아들이 이미 도를 넘었다고 생각했다.
주색가에서 아비와 아들은 쫓고 쫓기는 숨바꼭질을 하다
아비가 휘두른 부지깽이에 아들이 급소를 맞아 병원으로 옮겨졌다.
이후 아들은 죽었다는 소문까지 나돌았다.
아비는 아들에 대한 미련을 접고 물레만 돌리고 있었다.

휘영청 달 밝은 밤 개짖는 소리에 노인이 잠을 깼다.
아들 우명옥이었다.
그해 겨울 아비는 아들을 눈밭으로 데리고 갔다.

"이 눈의 흰 빛이야말로 사기장들이 추구하는 백색의 극치다. 이 눈을 자기 속에 담을 수 있다면 그가 만드는 자기는 이미 그릇이 아니라, 자연의 경계를 뛰어넘는 신기가 될 수 있을 것이다. 이렇게 새하얗게 싸인 눈을 백애애(白皚皚)라고 하는데 백애애한 눈빛의 흰색이야말로 갑번자기의 궁극 목표인 것이다."

아비는 이 눈을 보고 또 보고, 눈을 보되 형상을 짓지 말라고 했다.
옥(玉), 명(明), 매(梅), 노(鷺), 학(鶴) 등의 글자들도 모두 버리라고 했다.
눈을 보되 고정관념에 얽매이지 말라는 뜻이다.

아들은 하루 종일 눈밭에서 꼼짝도 않고 서 있다가 산송장이 되다시피 했다.
결국, 실명의 위기 속에서 그의 광기는 해를 넘기고 있었다.
우명옥은 매일매일 천지신명에게 제를 올리고 난 뒤
사흘 낮과 밤을 가마 곁에 붙어 앉아 자기를 구워냈다.
하지만 그토록 애써 만든 자기에 인정사정없이 망치질을 해댔다.
아비는 이미 자신의 경지를 넘어섰다고 생각했지만
아들은 만족하지 못했다.

그러던 만추의 어느날 밤.
우명옥이 백자를 빚어 유약을 칠한 후 가마 속에 넣어 사흘 낮과
밤을 꼬박 불을 땐 후 일련의 작업을 마무리하는 마지막 밤이었다.
타악타악 자기 깨지는 소리만 밤하늘을 처연하게 만들었다.
어느 순간, 자기 깨지는 소리가 멈추고 긴 침묵이 흘렀다.
아비는 아들의 가마목으로 달려갔다.
가마의 아궁이에는 백자의 잔해들이 수북하게 쌓여 있었다.
우명옥은 두 손으로 무엇인가를 움켜쥐고 있었다.
그것은 백자 항아리였다.

몸체는 둥근 선을 그리면서 입을 벌린 주둥이보다
굽이 더 좁은 조선백자 항아리의 형태였다.
아비는 지금까지 감히 상상하지 못했던 설백의 빛깔을 낸
백자의 옥동자가 자신의 손에 들려 있음을 확인하는 순간이었다.
아들 우명옥이 그토록 기다리던 백애애한
눈빛을 백자 위에 그대로 재현한 신기를 터득한 것이다.
월광조차도 머무를 수 없이 그대로 흘러내릴 정도로 윤택이 흐르고
이제 막 백설이 내린 듯 한 빛깔의 항아리.

주둥이에서 좁은 굽까지 흘러내리고 있는 몸체의 곡선은
마치 아름다운 여인의 육체를 연상케 하고, 풍만한 곡선은
내부로부터 터질 듯이 팽창되어 부풀어 오르고 있었다.
그 어디에도 한 점의 티나, 심지어 유약의 균열도
보이지 않는 완벽한 백자였다.

그러던 어느 날 밤 가마터를 지키고 있는
우명옥에게 계향이 찾아왔다.
이 세상에 태어나 처음으로 알았던 여인,
육체에 의한 쾌락을 최초로 알게 해 준
첫사랑 아니던가.
계향의 등에는 어린 아이가 업혀 잠들어 있었다.

"서방님!"
"이 아이의 잠든 모습을 보시오소서."
"바로 서방님의 아들입니다."

〈참고 : 최인호 소설 '상도'〉

값싼 항아리를 구울 때 행복했던 우삼돌

계향은 색주가가 파시된 후 고향으로 돌아가 소금 장사를 하는 보부상과 결혼했다. 허나 이미 계향의 몸에는 우명옥의 씨가 자라고 있었다. 남편은 일찍이 창병에 걸려서 아이를 낳을 수 없는데, 계향이 아이를 낳게 되면서 문제가 생겼다. 남편은 늘 술에 찌들었고 폭력은 날이 갈수록 잔인해졌다. 심지어 아들까지도 목숨이 경각에 달렸다. 남편은 점점 광기에 가까울 정도로 변해갔다. 어느날, 남편이 아이를 우물 속으로 던지려는 순간 계향이 바위돌을 집어 들고 남편의 뒤통수를 가격한다. 결국, 계향은 살인자가 됐다. 계향은 어린 아들을 생부에게 맡기겠다는 생각으로 우명옥을 찾은 것이다. 이날 밤, 우명옥은 아들을 품에 안고 계향과 함께 자신이 나고 자란 강원도 통천의 산골로 숨어들었다. 우명옥은 산속에 움막을 짓고 개울가에 작은 가마터를 만들었다. 천하의 명인은 하루아침에 싸구려 질그릇과 항아리와 독 등을 구우면서 생계를 이어간다.

우명옥은 어린 시절의 우삼돌로 돌아왔다. 우삼돌은 인간이 만들 수 있는 최고의 예술품보다 값싼 옹기를 구울 때가 가장 행복했다. 사랑하는 계향과 아들이 있는 가정을 꾸리고 있다는 사실이 자랑스러웠다. 그토록 행복해 하는 우삼돌을 신이 저주를 한 것인가. 무럭무럭 잘 자라던 아들 덕기가 전염병으로 죽자 계향은 정신을 잃고 흔적도 없이 사라져버렸다. 아들을 양지바른 언덕에 묻고 돌아온 우삼돌은 자신의 목숨을 두 번이나 살려준 아비가 생각났다.

계향이와 아들 덕기, 이렇게 셋이서 5년간 행복하게 살았다. 하지만 지난 세월도 한갓 꿈에 불과하다는 아비의 말이 생생했다. 우삼돌은 움막에 불을 지르고 난 뒤 아비 곁으로 돌아갔다.

그러나 우명옥은 질그릇 수준을 넘은 오자기(烏瓷器)만 구워낼 뿐 더 이상 순백색의 갑번자기는 기대할 수 없었다. 우명옥은 고통을 통해 인생이란 있는 것도 없는 것도 아니며, 나고 죽는 것도 아니며, 오고가는 것도 아닌 것을 깨달았다. 즉 인생이 고통스러운 것은 그것을 소유하려는 욕망에서 비롯된 것임을 깨우쳤다. 우명옥은 이제 아름다운 형태의 빛깔을 가진 그릇이 아니라, 인간이 지닌 헛된 욕망의 유한성을 경계하는 그릇, 즉 '늘 곁에 두고 보는 그릇'을 만드는 것이 최종 목표였다. 늘 곁에 두고 보는 그릇을 '유좌지기(宥坐之器)'라고 부른다. 일찍이 전설로 내려온 유좌지기를 아비로부터 들은 바 있다. 속이 비면 기울어지고, 적당하게 물이 차면 바로 서 있고, 가득 차면 엎질러진다는 유좌지기. 인간의 욕망, 그 끝간 데를 모르는 한계를 깨우쳐줄 수 있는 그릇, 단지 그 안에 무엇을 담아 먹고 마시는 그릇이 아니라, 인간의 욕망을 꾸짖고 경책하는, 곁에 두고 보는 그릇, 그 유좌지기를 만들고 싶은 것이 우명옥의 최종 목표였다. '계영배(戒盈杯)'가 바로 그것이다.

어맨다 고먼의 '우리가 오르는 언덕'

미국을 넘어 전 세계를 울리다

지난 1월 20일 미국 워싱턴DC에서 조 바이든 미국대통령의 취임식이 열렸다. 이날 최고의 스타는 단연 통합과 치유를 담은 '우리가 오르는 언덕(The Hill We Climb)'이라는 시를 낭송한, 시인 '어맨다 고먼(Amanda Gorman)'이 아닐까. 올해 스물두 살의 흑인 여성인 고먼이 이날 남긴 메시지는 강하고 부드러웠으며 봄날의 아지랑이처럼 긴 여운을 남기기에 충분했다. 미국 최초의 청년 계관시인으로 환경과 인종, 젠더 평등 운동가이기도 한 고먼. 그가 직접 작시한 '우리가 오르는 언덕'은 이날 새 지도자를 맞이하기까지 미국사회에서 일어난 극한의 갈등을 치유하고 화합과 통합의 절박함을 담고 있었다. 어쩌면 이날의 주인공인 바이든 대통령보다 더 화려하고 빛나는 찬사를 받았다고 해도 과언이 아니다. 이날 취임식장에는 세계적인 팝스타인 레이디 가가가 참석해 무대에 올랐지만 고먼을 뛰어넘지 못했다는 평가다.

"어디서 빛을 찾아야 하는가?"라는 물음으로 시작해 "우리에게 빛을 바라볼 용기가 있다면 빛은 언제나 거기 있을 것"이라고 끝을 맺는 이 시를 고먼은 춤추듯 리드미컬한 손짓과 자신감 넘치는 목소리로 낭독해 청중을 사로잡았다. 고먼은 "노예의 후손이자 홀어머니 손에서 자란 깡마른 흑인 소녀"라고 자신을 소개하며 "미국은 나를 포함한 우리가 모두 대통령이 되는 것을 꿈꿀 수 있는 나라"라고 연설해 뜨거운 박수갈채를 받기도 했다.

노예의 후손, 美 계관시인에 오르다

뉴욕타임스(NYT)는 그의 축시에 대해 "도널드 트럼프 전 대통령 지지자들의 의회 난입 사태로 상징되는 미국 민주주의의 위기와 분열 양상을 극복하고 희망과 통합을 노래하는 내용을 담았다"고 말했다. CNN은 "경이로운(stunning) 축시였다"고 평가했다.

버락 오바마 전 대통령도 트위터에 고먼의 시구를 인용해 "역사에 남을 이 날에 더없이 어울리는 시였다"고 찬사를 보냈다. 이날 고먼이 착용한 귀걸이와 반지도 화제가 됐다. 방송인 오프라 윈프리가 선물했다고 한다. 윈프리는 1993년 빌 클린턴 대통령 취임식장에서 시를 낭송한 마야 앤젤루에게도 코트와 장갑을 선물해 그 의미를 더했다.

특히 이날 고먼이 착용한 새장 속 새 모양의 반지는 자전적 소설 '새장에 갇힌 새가 왜 노래하는지 나는 아네(I Know Why the Caged Bird Sings)'를 남긴 앤젤루에 대한 경의의 표시였다고 한다.

'우리가 오르는 언덕'은 지난 3월 전 세계 19개국에서 스페셜 에디션 초판 100만 부라는 경이로운 기록으로 동시 출간됐으며, 국내에서도 한 출판사가 펴내기도 했다. 로스앤젤레스 출신인 고먼은 중학교 교사인 어머니 밑에서 자랐다. 바이든 대통령처럼 그도 어린 시절부터 언어장애를 앓았다고 한다. 그래서 그는 버락 오바마 미 전 대통령과 마틴 루서 킹 목사를 모델로 삼아 말하기 연습을 수없이 반복했고, 브로드웨이 뮤지컬 '해밀턴'의 노래를 따라 부르며 장애를 극복하고 하버드대학에 진학했다.

16세에 로스앤젤레스 청년 계관시인이 된 그는 하버드대학에서 사회학을 공부했다. 2017년에는 전국 60여 곳 이상의 도시와 지역 청년 계관시인들을 후원하는 어번 워드에 의해 미국 최초로 청년 계관 시인으로 선정됐다. 바이든 대통령의 부인인 질 바이든 여사가 직접 고먼에게 연락을 취해 이번 대통령 취임식을 위한 시를 쓰고 낭송해 달라고 요청해 성사됐다고 한다. 고먼은 대통령 취임식 축시를 읽은 역대 다섯 명의 시인 중 '최연소 시인'으로 이름을 올렸다. 미국 대통령 취임식에서 축시가 처음 낭독된 것은 1961년 1월 20일, 존 F. 케네디 대통령의 취임식이었다. 그때 초청된 시인은 당시 86세의 노(老)시인 로버트 프로스트였다.

취임식에 초청된 최초의 흑인 시인은 1993년, 빌 클린턴 대통령 취임식의 마야 안젤루(당시 65세)였으며 재선(1997년) 당시 취임식에서는 밀러 윌리엄스가 무대에 올랐다. 버락 오바마 대통령이 처음 취임한 2009년엔 엘리자베스 알렉산더, 재선에 성공한 2013년엔 리처드 블랑코가 시를 낭송했다. 고먼은 우리의 현실을 '우리가 오르는 언덕'에 비유했다.

우리가 올라야 할 언덕은 우리가 생명이 있는 한, 늘 존재해왔고 앞으로도 존재할 것이다. 인류는 늘 그 언덕을 정복하며 역사를 만들어왔다. 22살의 고먼이 시를 통해 우리에게 그 치유법을 제시했다. 이제 남은 것은 고통과 상처를 치유하기 위해 언덕을 오르는 일 뿐이다.

우리가 오르는 언덕

태양이 떠오르면, 우리는 오늘도 스스로 묻는다.
끝이 보이지 않는 어둠 속에서
과연 빛을 찾을 수 있을까?
우리가 이고 가야 할 상실,
우리가 헤쳐나가야만 하는 이 거친 바다
우리는 사나운 짐승 앞에서 물러서지 않았다.

우리는 고요함이 늘 평화로움을
의미하는 것은 아니라는 것을 배웠다.
옳고 그름을 규정하는 수많은 규범과 견해들이
항상 정의롭지 않다는 것도 배웠다.
그리고 어느새 새벽은 아무도 모르게 우리 앞에 와 있다.
어쩌면 우리가 빛을 찾아온 것일지도 모른다.

인고의 시간을 견뎌낸 우리 앞에는
부서지지 않은 단지 미완일 뿐인 국가가 있다.
우리는 지금 노예의 후손이자 홀어머니 손에 자란
깡마른 흑인 소녀가 대통령을 꿈꾸고
대통령 앞에서 이렇게 시를 낭송하는 세상에 살고 있다.

물론 우리는 아직 많이 부족하고, 깨끗하지도 않다.
그렇다고 우리가 모든 면에서
완벽한 공동체를 지향하는 것도 아니다.
그보다 우리는 뚜렷한 목적을 위해 나아가는 공동체를 지향한다.
모든 문화, 인종, 성격 그리고 인간의 조건이라 할 만한 것들을
아우르는 그런 나라

이를 위해 우리는 눈을 들어 우리 사이에 놓인
걸림돌 대신 우리들 앞에 있는 것을 본다.

우리는 우리의 미래를 위해 분열을 봉합한다.
우리들 사이에 다름은 잠시 옆으로 치워야 한다.
총을 내려놓는 것도 총을 들고 있던 손을 뻗어
서로에게 더 다가가기 위함이다.
우리는 누구도 다치는 걸 원치 않고
모두의 공존과 조화를 추구한다.
이는 온 세상이 바라는 바다.

우리는 슬픈 순간에도 성장했으며
상처를 입을지언정 희망을 잃지 않았다.
힘들지만 노력했고 그리하여 우리는
영원히 하나로 똘똘 뭉쳐 승리할 것이다.
이는 우리가 다시는 패배를 모르는
불사신 같은 존재가 될 것이라서가 아니다.
다시는 분열을 용납하지 않을 것이기 때문이다.

성경은 우리에게 누구나 자신만의 포도나무와
무화과나무 아래 앉을 수 있을 거라며
누구도 두려움에 빠지지 않을 거라고 말해준다.
우리가 주어진 시간에 최선을 다해 산다면,
승리는 날카로운 칼날 위가 아닌
우리가 만든 튼튼한 다리 위에 있을 것이다.

이것이 바로 우리가 가고자 하는 곳,

바로 우리가 오르는 언덕이다.
미국인이라는 것은 우리가 조상들에게 물려받은
자부심 이상의 것이다.
이것이 바로 우리가 가고자 하는 곳,
바로 우리가 오르는 언덕이다.
우리가 개입하고 고치는 것은 과거다.

우리는 최근 이 나라를 더불어 사는 곳으로
가꾸는 대신 산산이 부수려한 폭력을 겪었다.
민주주의를 정면으로 거스른 그 폭력은
미국을 파괴하려는 시도였다.
그 시도는 거의 성공할 뻔했다.
그러나 분명한 것은 민주주의란
잠깐 늦춰질 수는 있을지 몰라도
절대로 영원히 굴복시킬 수 없다는 것이다.
이러한 사실과 신념을 마음속에 품고
우리는 눈을 들어 미래를 바라보고,
역사는 우리를 바라본다.
지금은 정당한 구원의 시대다.

처음에는 이 시대가 두렵기도 했다.
정신없이 휘몰아치는 세상에 당당히 두 발로 설
준비가 안됐다고 느끼기도 했다.
하지만 우리는 새로운 시대를 열어갈 힘을 찾았고,
스스로에게 희망과 웃음을 주는 능력 또한 발견했다.
한때는 '이 끔찍한 상황을 어떻게 이겨낼 것인가?'를
고민했지만. 이제는

'감히 이 정도에 우리가 굴복할소냐?'라고 외친다.
우리는 과거로 돌아가지 않고,
미래를 향해 뚜벅뚜벅 걸어갈 것이다.
이 나라는 과거의 상처로 멍이 들었을지 몰라도
온전히 자애롭고, 대범하고, 용맹하며, 자유롭다.

우리는 뒤돌아보지도, 위협에 굴하지도 않을 것이다.
타성에 젖어 행동하지 않는다면
다음 세대에게 떳떳할 수 없다는 것을 알기에.
우리의 작은 실수가 그들에게 무거운 짐이 될 수 있기에.
그렇지만 한 가지는 분명하다.

우리가 자비에 옳은 결단을 더하면
우리 시대의 유산으로 사랑을 물려줄 수 있다.
그러면 우리 아이들의 권리도 달라진다.
우리가 물려받은 나라보다 더 훌륭한 나라를 물려주자.
뛰는 가슴으로 나오는 숨결 하나하나를 동력으로.
우리는 상처 입은 세상을 경이로운 곳으로 바꿔낼 것이다.

서부의 금빛 언덕에서,
우리 조상들이 혁명의 가치를 처음으로 체득한
바람 부는 북동부에서, 호수와 도시가 번갈아 펼쳐지는
중서부에서, 태양이 작렬하는 남부에서
우리는 힘을 모을 것이다.

우리는 재건하고 서로 이해하고 회복할 것이다.
방방곡곡에서 우리나라와 다채롭고

아름다운 국민들이 일어서 힘을 합칠 것이다.
쉬지 않고 하나가 될 것이다. 상처는 있지만 아름답게.
태양이 떠오르면 우리는 짙은 어둠 속에서
나와 두려움 없이 활활 타오르리라.

우리가 쟁취한 자유로 새로운 새벽이 밝았다.
그곳에는 언제나 환한 빛이 가득하다.
우리가 그 빛을 쳐다볼 용기가 있다면.
우리가 빛이 될 용기가 있다면.

[출처] 22세 아만다 고먼, 바이든 취임 축시 '우리가 오르는 언덕'[전문] Transcript of Amanda Gorman's inaugural poem|작성자 어린왕자